Love story

Ewen

Jacqueline Woodson · Wenn die Zeit stehen bleibt

Jacqueline Woodson

Wenn die Zeit stehen bleibt

Aus dem amerikanischen Englisch
von Eva Riekert

Erika Klopp Verlag

Das Gedicht „If You Come Softly“ von Audre Lorde stammt aus »Collected Poems«, erschienen bei W. W. Norton. Die Veröffentlichung erfolgt mit Genehmigung der Charlotte Sheedy Literary Agency.

In neuer Rechtschreibung

Titel der Originalausgabe »If You Come Softly«
G. P. Putnam's Sons, New York, 1998

Aus dem amerikanischen Englisch von Eva Riekert
Einbandgestaltung: Buchholz / Hinsch / Hensinger
Foto: The Image Bank / Alan Becker
Satz: Filmsatz Schröter
Druck und Bindung: Ueberreuter Buchproduktion
Printed in Austria
ISBN 3-7817-2360-7

Für Menschen wie Jeremiah

Wenn du kommst so leise
wie Blätter rascheln im Wind,
dann hörst du, was ich höre,
weißt, wo der Schmerz beginnt.

Meine Mutter ruft aus dem unteren Stockwerk nach mir und ich wache langsam aus einem tiefen Schlaf auf. Es ist Juni. Der Himmel draußen ist tiefblau und klar. In der Ferne kann ich den Central Park sehen, die Bäume heben sich leuchtend grün vom Himmel ab. Ich habe von Miah geträumt.

»Elisha«, ruft Marion wieder. Sie klingt besorgt und ich weiß, dass sie am Fuß der Treppe steht. Ihre Hand streicht dabei langsam über das Geländer, rauf und runter, und sie wartet auf eine Antwort von mir. Aber ich kann jetzt nicht antworten. Noch nicht.

Gibt es einen Jungen?, hatte Marion mich im Herbst gefragt, als Miah gerade aufgetaucht war. Und ich habe gelogen und gesagt, nein, es gibt keinen.

Jetzt steht sie mit verschränkten Armen in der Tür.

»Es wird Zeit zum Aufstehen, Liebes. Alles in Ordnung?«

Ich nicke und starre weiter aus dem Fenster. Das Haar

fällt mir über die Augen, mein Pyjama fühlt sich heiß an und klebt mir auf der Haut.

Nein, Marion, es gibt keinen Jungen. Jetzt nicht. Nicht mehr.

Sie tritt ans Bett und setzt sich neben mich. Ich spüre, wie das Bett von ihrem Gewicht einsinkt, und rieche ihr Parfüm.

»Ich hab heute Nacht von Miah geträumt«, sage ich leise und lege den Kopf an ihre Schulter. Draußen hupen die Taxis. Wenn der Lärm mal kurz abbricht, kann ich Vogelgezwitscher hören. Und meinen eigenen Atem.

Marion streicht mir mit der Hand über den Kopf. Langsam. Sanft. »War es ein schöner Traum?«

Ich ziehe die Stirn kraus. »Ja … ich glaube. Aber ich kann mich nicht an alles erinnern.«

»Behalte so viel in Erinnerung, wie du kannst, Elisha«, flüstert Marion und küsst mich auf die Stirn. »Merk dir so viel du kannst.«

Ich schließe die Augen.

Und versuche mich an alles zu erinnern.

TEIL 1

1

JEREMIAH WAR SCHWARZ. ER KONNTE es richtig spüren. Wenn die Sonne im Sommer auf seine Haut brannte, kam es ihm manchmal so vor, als wären seine Schweißtropfen schwarz. Er kam sich warm und geborgen vor in seiner Haut. Und in Fort Greene in Brooklyn – wo jeder schwarz oder farbig in allen Schattierungen war –, da fühlte er sich wohl. Aber nur einen Schritt nach draußen. Nur einen Schritt und seine Hautfarbe bekam ein anderes Gewicht. Ein schweres.

Die hellhäutigen Freunde aus seinem Viertel – zuweilen ertappte er sich dabei, dass er sich über sie lustig machte. Aber alle lachten. Jeder machte sich über jeden lustig. Wer verspottet wurde, schlug – zack! – zurück. Sein Freund Carlton – dämlicher Name –, weiße Mama, schwarzer Papa, schwört Stein und Bein, er sei schwarz. Manchmal zogen sie ihn damit auf und Carlton fing sofort an zu lästern, wie schwarz Jeremiah sei. Das war in keiner Weise gemein oder kränkend gemeint. So gingen sie eben miteinander um. Manchmal lachten sie, bis ihnen die Tränen übers Gesicht liefen. Lachten und zeigten aufeinander und versuchten, sich mit witzigen Bemerkungen zu übertreffen. Das war es. Wenn Jeremiah mit seinen Kumpels rumhing, dann war er einfach er selbst. So wie all die anderen. Ein paar waren heller, ein paar dunkler, Köpfe mit Rastalocken, Köpfe mit krausem Haar, sogar ein paar Kahlköpfe – so hingen sie miteinander rum und lachten. In diesen Momenten fühlte er sich frei – frei in seiner schwarzen Haut. Als würde er am liebsten die Arme ausbreiten und jubeln.

Manchmal dachte er an seine Großmutter. Sie wollte immer, dass er sich in den Schatten setzte. *Damit du nicht so schwarz wirst*, sagte sie. Das war lange bevor sie an Krebs starb. Damals war er noch klein und pendelte zwischen Brooklyn und dem Süden hin und her. Damals hatte er noch keine Ahnung. Für ihn gab es nur Mama und Daddy am Flughafen, die sich mit einem Kuss von ihm verabschiedeten; Mama hielt seine Hand so lange und so fest, dass es ihm peinlich wurde; dann nahm ihn eine Stewardess bei der Hand und setzte ihn ganz nach vorne, wo sie ihn gut im Auge behalten konnte; seine Mama hatte sie darum gebeten. Er erinnerte sich an ein Paar silbriger Flugzeugflügel, das ihm ein Pilot schenkte, und an sein erstes richtiges Menü auf einem kleinen weißen Plastiktablett. Kuchen gab es im Flugzeug, so süßen Kuchen, wie er ihn zu Hause nie bekam. Und dann schlief er immer ein und war plötzlich im Süden. Seine Großmutter war da und weinte schon. Sie weinte jedes Mal, wenn sie ihn sah – weinte und lachte gleichzeitig. Jeremiah lächelte beim Gedanken daran, wie er ihr immer in die dicken Arme gesunken war und vom Duft ihres Rosenwassers umfangen wurde. Das war lange her.

Jeremiah balancierte seinen Basketball auf der linken Handfläche und hielt ihn mit gestrecktem Arm von sich. Er starrte ihn einen Moment lang an, dann ließ er ihn dreimal kurz auf dem Randstein aufspringen. Wenn seine Großmutter doch noch am Leben wäre, damit er es ihr sagen könnte – dass es nichts Schlechtes war. Dass man nicht *zu* schwarz sein konnte. Sein Vater hatte ihn mal in einen Film über die Black-Panther-Bewegung mitgenommen. Lauter Afros mit erhobenen Fäusten. Jeremiah lächelte. Er wünschte, seine Großmutter hätte den Ruf »Black is beautiful« gehört. Hatte sie aber nicht. Sie glaubte, was sie da sagte – dass man auch zu schwarz werden konnte. So wie sein Vater daran glaubte, wenn er sagte: »Miah, du bist ein Schwarzer. Du bist ein Krieger.« Aber wo wurde denn gekämpft?, fragte er sich. Wo war der Krieg? Später mal hatte Jeremiah einen Cartoon gesehen, in dem ein Affe Basketball spielte, und er hatte sich geschämt; irgendwie kam es ihm so vor, als sollte der Affe ihn darstellen. Da begriff er, der Krieg war überall. Die Leute, die gesamte Werbung, alles schien ihm zu sagen: Du zählst nicht. Schwarz ist einfach nicht die richtige Hautfarbe.

Und wenn er jetzt auf dem Basketballplatz war, wurde ihm jedes Mal bewusst, wie schwarz er war. Es war, als würde er seinen Körper verlassen und auf den Seitenstreifen hinüberlaufen, um sich selbst zuzusehen. Er sah, wie sich die Muskeln seiner dunklen Schenkel anspannten, sah seine langen braunen Arme nach dem Ball greifen, sah, wie sich seine Waden wölbten, wenn er über das Spielfeld rannte. Der Gedanke, für die Percy-Schule spielen zu müssen, war ihm zuwider. Nein, nicht das Spielen an sich war ihm zuwider, er war begeisterter Basketballspieler, schon immer gewesen, konnte sich nicht erinnern, dieses Gefühl, die Hände um den Ball zu schließen, nicht geliebt zu haben. Aber er hasste es, schwarz zu sein und Basketball zu spielen und jetzt auch noch für Percy, die superweiße Privatschule. Beim Training vor der Spielsaison hatte er sich manchmal umgesehen – nichts als weiße Gesichter! Na gut, es gab Rayshon und Kennedy, sie waren schwarz. Trotzdem anders. Rayshon und Kennedy kamen aus einer anderen Welt. Klar, sie schlugen auch die Handflächen aneinander und warfen sich Blicke zu, wenn andere im Team was Dämliches sagten. Aber abends verschwanden sie in eine andere Welt. Kennedy wohnte in der Albany-Siedlung draußen in Brownsville. Rayshon wohnte in Harlem. Jeremiah verzog das Gesicht. Er wollte kein Snob sein.

Ich hab die halbe Welt gesehen, dachte er. *Ich war in Indien, in Mexiko, auf Mauritius. Deshalb bin ich anders. Anders als sie. Anders als eine Menge Leute – schwarze oder weiße.*

Und er wusste, was in diesem Winter kommen würde – seiner ersten Spielzeit in dem Team. Er wusste, wenn er auf die Tribüne schaute, würde er noch mehr weiße Gesichter sehen – Hunderte; sie würden ihm und der Percy-Schule zujubeln. Es kam ihm irgendwie so falsch vor – so klischeehaft. Warum konnte er nicht Tennis spielen? Warum hatte man ihm keinen Tennisschläger oder Golfschläger in die Hand gedrückt? Nicht, dass es in seiner Umgebung einen Tennisclub oder einen Golfplatz gegeben hätte. Okay, im Fort Green Park gab es Tennisplätze, aber man musste Mitglied sein und einen Partner haben. Und überhaupt, man musste schon spielen können, bevor man sich dort überhaupt hinwagte. Und als er noch klein war, trieb es keinen von seinen Freunden zu den Tennisplätzen. Ein Basketball hingegen war immer greifbar und man spielte einfach, mit ein paar Jungs im Park. Oder jemand stellte eine leere Mülltonne an den Straßenrand zum Freiwürfe üben, oder es hing irgendwo eine Feuerleiter runter, deren Sprossen genau den richtigen Abstand hatten, dass ein Basketball durch passte.

Jeremiah legte den Ball auf den Boden und starrte auf seinen Handrücken, auf die Stellen um seine Knöchel, die dunkler waren als die restliche Haut. Als er klein war, hatte seine Mutter immer gesagt: »Wo ist denn mein schöner kleiner braunäugiger schwarzer Junge?« Und er war auf sie zugerannt. »Hier bin ich«, rief er dann, wenn sie ihn hoch in die Luft hob.

Die Leute sagten immer, was für schöne Augen er hätte. Selbst Fremde. Vor allem Mädchen. Seine Augen waren hellbraun, fast sogar grün. Er fand, sie sahen fremdartig aus in seiner dunklen Haut. Manchmal starrte er sein Spiegelbild an. Sah er tatsächlich gut aus oder nicht? Klar, Mädchen starrten ihn oft an, das merkte er, aber die Auswahl in Fort Greene war ja auch nicht so toll, deshalb starrten sie wahrscheinlich jeden an. *Werd nicht zu schwarz. Schwarzer Affe. Wo ist mein schöner kleiner Junge? Du bist ein Schwarzer. Du bist ein Krieger.* Jeremiah seufzte und schaute an der Häuserzeile entlang. Die ganzen Sprüche, die er immer zu hören bekam – Mann, er kannte sie in- und auswendig. Aber manchmal, wenn er in den Spiegel sah, dann hatte er keine Ahnung, wer er war oder warum er auf der Welt war.

Und jetzt – das setzte allem die Krone auf – hatte er ein Mädchen kennen gelernt.

2

ES REGNETE AN DEM NACHMITTAG, als ich Miah kennen lernte. Es schüttete richtig, und zwar vier Tage lang. Langsam lief ich im Regen heim, der Vier-Dollar-Schirm, den ich unterwegs gekauft hatte, konnte ihn kaum abhalten.

Henry, unser Portier, winkte, als er mich sah; dann kam er mit einem übergroßen Schirm angelaufen, den er über meinen hielt. Wir wohnen schon seit meiner frühen Kindheit auf der Achtundachtzigsten, Ecke Central Park West. Und seit meiner Kindheit läuft uns Henry jedes Mal, wenn es regnet, mit einem riesigen Schirm entgegen. Selbst wenn wir unseren eigenen Schirm haben.

Ich lächelte Henry zu. Er ist groß und schweigsam. Sein Haar ist braun mit grau drin und lockig und seine Haut so hell, dass man die Adern unter seinen Schläfen sehen kann.

»Der erste Tag in der neuen Schule«, sagte Henry.

Ich nickte. Er fragt nie, sondern er macht eher Feststellungen. »Woher wissen Sie das?«

»Die Uniform. Du siehst darin ja aus wie ich.«

Ich sah an meiner Percy-Uniform hinunter. Ob die Schulverwaltung wohl wusste, dass die burgunderfarbenen Jacken und die grauen Röcke, die wir tragen mussten, die gleichen Farben hatten wie die Uniformen der meisten Portiers in der Stadt? »Muss mich erst dran gewöhnen.«

Henry zwinkerte mir zu. »Du wirst überrascht sein, wie schnell das geht. Percy, stimmts?«

»Ich komm mir wie eine wandelnde Reklametafel für die Schule vor«, sagte ich.

Henry lachte und kehrte auf seinen Posten bei der Tür zurück. »Bis später, Ellie.«

Die Fahrstuhltür glitt geräuschlos auf. Ich trat ein und wartete, dass sie sich wieder schloss. Dabei zählte ich stumm vor mich hin. Als sich die Kabine in Bewegung setzte, schloss ich die Augen und dachte an Jeremiah.

Ich hatte meinen Stundenplan studiert und war auf der Suche nach Zimmer 301 oder so ähnlich. Mein Blick ging vom Stundenplan zu den Zahlen an den Türen – und dabei lief ich regelrecht in ihn rein. Meine Mathe- und Physikbücher flogen auf den Boden. Er fing an sich zu entschuldigen und ich entschuldigte mich und wir bückten uns gleichzeitig, um die Bücher wieder aufzuheben. Und dann – hielten wir beide inne und mussten furchtbar lachen.

Dann sagte er seinen Namen – Jeremiah – und mir kam

das dämliche Lied mit dem Ochsenfrosch in den Sinn, so unvermittelt, dass ich rausplatzte: »Wie der Ochsenfrosch?«

»Ja.« Er lächelte. »Wie der Ochsenfrosch.«

Ich konnte den Blick nicht von ihm wenden, von seinem Lächeln und von seinem Haar. Noch nie hatte ich Rastalocken aus der Nähe gesehen. Seine waren dick und schwarz und fielen in Spiralen über seine Schultern. Ich spürte das Verlangen sie zu berühren, wollte sein Gesicht berühren. Ich wollte ihn noch mal seinen Namen sagen hören. Einen Augenblick lang starrten wir uns an und keiner sagte ein Wort. Etwas an ihm kam mir vertraut vor, etwas, das ich schon mal gesehen hatte. Auf einmal verlegen, blinzelte ich und wandte mich ab.

Dann erhoben wir uns beide wieder.

»Also … Tschüss. Wahrscheinlich … wahrscheinlich sehen wir uns ja noch«, sagte er leise. Er sah mich einen Moment lang an, dann ging er den Gang hinunter. Seine Locken wippten sanft an seine Schultern.

»Jeremiah«, flüsterte ich vor mich hin, während ich weiterging. Ich konnte seinen Namen spüren, er umgab mich, als liefe ich durch einen feinen Nebel, gebildet von ihm, Jeremiah.

In dem Moment blieb ich stehen und warf einen Blick zurück. Er sah mir irgendwie verwirrt nach. *Jeremiah*, dachte ich und lächelte. Jeremiah lächelte zurück, winkte mir dann zu und verschwand in dem Klassenzimmer am Ende des Ganges.

Unsere Wohnung geht über zwei Stockwerke. Von innen wirkt sie fast wie ein Haus. Sie hat hohe Fenster, einen offenen Kamin im Wohnzimmer und eine Treppe, die zu den Schlafzimmern oben führt. Ich öffnete die Wohnungstür ganz leise und schlich nach oben in mein Zimmer. Draußen donnerte es heftig. Der Regen klang jedoch beruhigend und gleichmäßig. Als ob er nie mehr aufhören wollte. Als ob es ab jetzt immer regnen würde.

Vor dem Schrank zog ich die Schuhe aus, dann setzte ich mich aufs Bett, um die nassen Socken abzustreifen. Wenn ich auf dem Bett liege, kann ich von meinem Zimmer aus die Autos durch Central Park West fahren sehen. Immer wollen sie eiligst irgendwohin. In New York will jeder immer schnell irgendwohin. Man sieht Geschäftsmänner im Laufschritt, mit gesenkten Köpfen, ihre Hosenaufschläge schlagen heftig um ihre Knöchel. Sie sehen keinen an. Einmal bin ich einem Mann gefolgt. Ich lief so dicht neben ihm, dass ich seine Tochter hätte sein können – aber er wandte kein einziges Mal den Kopf und nahm mich gar nicht wahr. Zwei Blocks lang bin ich so neben ihm hergelaufen. Er tat mir Leid – wie er so durch die Welt lief, ohne nach rechts oder links zu sehen.

Einsam.

Ich seufzte und legte mich auf das Bett zurück. Manche Leute waren immer von Freunden umgeben. Manchmal, wenn mir ein paar kichernde, Händchen haltende Mädchen entgegenkamen, dann zog sich mein Magen zusammen. Ich wollte auch so sein. Und auch nicht. Marion sagt, das liegt daran, dass ich ein Nachkömmling bin. Anne und Ruben, die Zwillinge, waren schon zehn, als ich geboren wurde, und mein älterer Bruder Marc und meine Schwester Susan waren sogar schon auf der Universität. Marion sagt, ich sei es schon früh gewöhnt gewesen, allein zu sein. Und unsere Wohnung hier – mit all den leeren Zimmern und so ausgestorben. Manchmal ging ich langsam durch alle Räume, berührte die Wände der alten Zimmer meiner Geschwister und überlegte, wie es wohl wäre, in einem Haus aufzuwachsen, das voller Leute war. Und manchmal saß ich nachmittags in dem Bistro an der Ecke, aß eine Portion Pommes frites, las und war rundum zufrieden. An solchen Tagen fand ich es genau richtig, allein zu sein.

Jeremiah. Was für ein Zuhause hatte er? Dachte er noch an mich? Hatte er es auch bemerkt, was »es« auch sein mochte? Was mir aufgefallen war, als wir uns angesehen hatten? Was war es?

Einmal hatte ich einen Jungen geküsst – er hieß Sam und war in der siebten Klasse. Er trug eine Spange und lispelte deswegen. In meiner Gegenwart war er nervös und linkisch, er wollte meine Schultasche tragen oder mich zu einer Limo einladen. Ich mochte ihn, es gefiel mir, wie er herumstotterte und mich nicht richtig ansah. Eines Tages gab ich ihm einfach einen Kuss, ich beugte mich rüber, als er neben mir saß und mir stotternd irgendwas vom Segelboot seines Vaters erzählte. Ich hatte noch nie jemanden auf den Mund geküsst und Sams Lippen fühlten sich trocken und fest an. Und gleichzeitig warm und süß. Wir saßen im Park und pressten die Lippen aufeinander, bis Sam zurückwich. Danach ging er mir aus dem Weg.

Ich überlegte, wo er wohl jetzt war, der gute alte Sam, der plötzlich Angst vor mir bekommen hatte, Angst vorm Küssen. Wann ich wohl wieder jemanden küssen würde? Ob es Jeremiah sein würde?

»Elisha!« Meine Mutter rief von unten nach mir. »Hast du vor, den ganzen Nachmittag in deinem Zimmer zu verbringen?«

»Vielleicht, Marion«, rief ich zurück.

Ich setzte mich auf und strich mit der Hand über die Falten meines grauen Percy-Rocks, dann zog ich ihn aus. Bisher hatte ich nie eine Schuluniform getragen. Diese hatte den ganzen Sommer über unter einer dünnen Reinigungsfolie im Schrank gehangen. Einmal hatte ich sie Marion und meinem Vater vorgeführt und sie hatten gelächelt und ich musste mich nach allen Seiten umdrehen. Es war schon merkwürdig in eine Schule zu kommen, wo alle genauso gekleidet waren wie ich.

»Elisha«, rief Marion noch mal. »Komm runter und erzähl mir vom ersten Schultag.«

Ich hab einen Jungen kennen gelernt, wollte ich rufen. *Er heißt Jeremiah.*

»Ich zieh mich nur um, Marion. Zum Essen komm ich runter.«

»Das Essen ist gleich fertig.«

Marion hatte im Esszimmer gedeckt, für zwei. Eine dünne weiße Kerze brannte in einem silbernen Leuchter. Ich starrte lange in die Flamme. Jeremiahs Gesicht flackerte kurz darin auf, dann verschwand es.

Auf dem Tisch standen Brötchen und eine Schüssel mit dampfenden grünen Bohnen. Als ich klein war, hatte ich mal eine Zeit lang nur grüne Bohnen gegessen. Meine Eltern lachen noch heute darüber, dass sie befürchtet hatten, ich würde eines Tages ganz grün aufwachen.

»Hat Daddy noch Dienst?«, fragte ich und stellte mich in der Küche hinter Marion.

Während des letzten Jahres hatte ich meine Mutter größenmäßig eingeholt. Es war merkwürdig, vor kurzem war sie noch jemand gewesen, zu dem ich aufsehen musste, und jetzt konnte ich ihr direkt in die Augen sehen.

»Natürlich hat er noch Dienst«, sagte sie. »Erst war ich mit einem netten jungen Medizinstudenten verheiratet, den ich immerzu um mich hatte. Dann war ich mit einem

Assistenzarzt verheiratet, den ich ab und zu sah. Jetzt bin ich mit einem Arzt verheiratet, den ich nie sehe. Kurz bevor du aus der Schule zurückgekommen bist, hat er angerufen – er hofft, dass der erste Tag gut gelaufen ist.«

»War okay. Es ist genau wie im Jefferson, nur dass die Schüler sich einen Besuch beim Hautarzt leisten können.«

Thomas Jefferson war die Schule, von der ich übergewechselt war.

Marion lachte. Sie zog ein Hähnchen, das mit Rosmarin und Zitronenscheiben bedeckt war, aus dem Backofen.

»Riecht lecker, Marion.«

»Hör auf, mich Marion zu nennen.«

»Hör auf, mich Elisha zu nennen.«

»Das ist schließlich dein Name.«

»Und deiner ist Marion.« Ich lächelte und zupfte einen Rosmarinzweig von dem Hähnchen. So ging das nun schon seit Jahren. Sie weigerte sich, mich Ellie zu nennen, also nannte ich sie auch nicht Mom.

»Meine Güte, bin ich froh, dass du der letzte Teenager bist, den ich großziehen muss ... *Elisha.* Selbst mit fünfzig wirst du für mich noch Elisha sein. Stell dir vor, wir hätten dich tatsächlich Ellie genannt. Die Kinder hätten dich Ellie-Pimpernelli oder so genannt und du wärst nachmittags heulend nach Hause gekommen.«

Ich verdrehte die Augen. »An dir ist eine Dichterin verloren gegangen.

Meine Mutter lächelte. »Stell das Hähnchen auf den Tisch, du Spaßvogel.«

Ich wollte gerade die Ärmel meines Sweatshirts über die Hände ziehen.

»Nimm die Topflappen, Elisha!«

»In Ordnung, Marion. Wir wollen doch nicht, dass wieder ein kleines Malheur passiert.«

Sie lachte wieder und schlug mit dem Geschirrtuch nach mir. Es war ein Familienwitz. Als die Zwillinge noch zu Hause wohnten, hatten sie mich immer als kleines Malheur meiner Eltern bezeichnet. Obwohl meine Eltern beteuerten, dass sie geplant hatten, noch ein Kind zu kriegen, glaubte ihnen keiner von uns.

»Wir sind tanzen gegangen, das wars«, sagte Marion und folgte mir mit einer Schüssel Kartoffelbrei. Sie stellte sie vorsichtig auf den Tisch. »Wenn mich dein Vater damals nicht zum Tanzen ausgeführt hätte – ins *Roseland* – tja, dann, dann würde es dich vielleicht nicht geben. Aber das Tanzen war schuld und vielleicht auch der Wein.« Sie zwinkerte mir zu und setzte sich.

Ich setzte mich ihr gegenüber. »Bestimmt war es vor allem der Wein.«

»Deshalb rühre ich ja auch keinen Tropfen mehr an.«

Wir lachten und das Lachen schien durch die leere Wohnung zu hallen und langsam zu uns zurückzuwehen. Wir waren inzwischen fast wie Freundinnen.

Vor langer Zeit hatte uns Marion verlassen. Hatte ihre Sachen gepackt und war weg. Ich war klein und die Zwillinge wohnten noch bei uns. Wir drei haben eine Woche lang jede Nacht geweint und mein Vater nahm sich frei, um sie zu suchen. Dann hörten wir auf zu weinen und nach drei Wochen kam sie zurück.

Als sie uns dann noch mal verließ, war ich acht und die Zwillinge gingen schon aufs College. Ich war alt genug um zu verstehen, was es bedeutete, dass sie eine Zeit lang nicht mehr nach Hause kommen würde, dass sie vielleicht nie mehr zurückkommen würde. Als sie dann doch zurückkehrte, konnte ich eine ganze Weile nicht mit ihr reden. Aus Angst, das Falsche zu sagen. Aus Angst, sie könnte wieder gehen.

Wenn man noch klein ist und die Mutter läuft von zu Hause weg, dann fühlt man irgendwo im Inneren nur ihre Abwesenheit. Ich weiß nicht, wie ich das erklären soll. Lange Zeit war so eine Stelle in mir, wo eigentlich die Liebe zu Marion ihren Platz gehabt hätte, aber da war nichts.

»Marc hat angerufen«, sagte Marion und riss dem Hähnchen mit der Hand eine Keule aus. Ich beobachtete sie stumm. Es gab Seiten an ihr, die mir nach all den Jahren immer noch nicht vertraut waren. Wie sie die Hände beim Essen bewegte. Wie sie ihr Haar immer erst über die Augen fallen ließ, ehe sie es hinter die Ohren strich. »Er sagt, sie haben die Mädchen jetzt tatsächlich ins Internat gesteckt.«

Die Töchter meines ältesten Bruders waren zwölf. Den ganzen Sommer über hatten er und seine Frau bei uns angerufen. Seine Frau wollte die Mädchen aufs Internat schicken, Marc nicht. Die Zwillinge wussten nicht, was sie wollten.

»Gott sei Dank sind sie weg.« Ich konnte meine Nichten nicht leiden. Sie waren verzogen und zimperlich. Obwohl sie schon zwölf waren, bestanden sie immer noch darauf, sich gleich anzuziehen. Mir kam das völlig absurd vor. Dass jemand genauso wie man selbst aussieht – daran kann man nichts ändern. Aber sich auch noch genauso anzuziehen wie dieser andere, das war eine andere Sache.

Marion schüttelte den Kopf. »Glaub nicht, dass du sie deshalb weniger oft siehst, Elisha.«

»Ich weiß. Aber man darf doch hoffen.«

Marion lachte.

Obwohl sie in Seattle wohnen, besuchen sie uns einmal im Jahr zu Chanukka. Leider würde sich daran wohl nichts ändern, ob sie nun im Internat waren oder nicht.

»Eines Tages werde ich wie Marc und Susan und Anne und Ruben die Nabelschnur endgültig durchschneiden.« Ich lächelte, nahm eine grüne Bohne mit den Fingern und kaute darauf herum.

Meine Geschwister waren alle schon lange zu Hause

ausgezogen. Meine Schwester Anne fehlte mir am meisten. Manchmal quatschten wir stundenlang am Telefon über Gott und die Welt. Sie hätte sicher eine Menge über Jeremiah zu sagen, dachte ich. So war Anne. Sie hatte zu allem und über jeden eine Menge zu sagen, ob sie ihn kannte oder nicht. Ihre Meinung war theoretischer Art.

»Also, wars toll oder wars grässlich?«

Ich sah erstaunt auf. Ich fand ihn nicht toll, ich kannte ihn ja noch nicht mal.

»Wie bitte?«

Meine Mutter hob die Augenbrauen. »Da war aber jemand ganz weit weg.«

»Ich hab nachgedacht.«

»Worüber?«

Ich sah auf meinen Teller. »Nichts.«

Meine Mutter seufzte. »Sag nicht ›nichts‹, Elisha. Du musst es mir ja nicht sagen. Aber lüg mir nichts vor. Sag lieber ›es geht dich nichts an‹.«

»Geht dich nichts an.« Ich steckte noch eine grüne Bohne in den Mund.

»Hat es was mit einem Jungen zu tun?«

»Geht dich nichts an.«

»Du bist zu jung für einen Freund, Elisha. Möchtest du ein Glas Wasser?«

»Statt eines Freundes?« Ich grinste. »Nein danke.«

Marion stand auf und ging in die Küche. Ein paar Minuten später kam sie mit zwei Gläsern zurück, randvoll mit Wasser und Eis, und stellte eins neben meinen Teller.

»Da. Kühl dein Mütchen.«

Ich zupfte ein Stück Hähnchenfleisch mit den Fingern vom Knochen und beachtete das Wasser nicht. »Wenn ich an Jungs interessiert wäre«, sagte ich langsam, »was ich übrigens nicht bin, was wäre denn dann das passende Alter?«

Marion überlegte einen Augenblick. »Na, so siebzehn oder achtzehn.«

»Du hast doch mit achtzehn schon geheiratet, Marion! Und bist schwanger gewesen. Wobei ich es nicht wage darüber zu spekulieren, was zuerst passiert ist.«

»Damals standen die Dinge anders«, sagte sie zögernd. Sie konzentrierte sich darauf, ein Stück Hähnchenfleisch zu zerlegen und in den Mund zu stecken.

»Tja, heutzutage sind sie auch anders.«

Sie kaute eine Weile und schluckte dann. Als sie wieder sprach, war ihre Stimme leise und sachlich. »Elisha Eisen – du bist in der zehnten Klasse. Mathe, Physik, Englisch. Und ein paar Freundinnen, mit denen man ab und zu Tee trinkt oder Pizza essen geht. Das macht man in der Zehnten. Frag doch herum.«

»Du lebst ja in den Fünfzigern, Marion.«

»Für Jungs hast du noch jahrelang Zeit.« Ihr Blick war traurig, als sie das sagte.

»Das weißt du doch gar nicht.« Ich merkte, wie ich ärgerlich wurde. »Du weißt nicht, was morgen oder übermorgen passiert. Du weißt überhaupt nicht, ob ich jahrelang Zeit habe.«

»Glaub mir … Ellie …«

Ich schüttelte den Kopf. »Glaub mir … Mom … du weißt es nicht.«

Meine Mutter schwieg einen Augenblick. Als sie wieder sprach, war ihre Stimme zitternd, unsicher. »Ich weiß, dass ich es nicht weiß, Elisha. Aber eins weiß ich: Wenn man sich zu schnell ins Leben stürzt, dann verpasst man manchmal etwas.«

Ich zuckte die Achseln, sah weg, war plötzlich verlegen. Sie hatte jung geheiratet und manchmal, wenn ich morgens in die Küche herunterkam, überraschte ich sie, wie sie mit benommenem Blick aus dem Fenster starrte.

»Du hast das Gefühl gehabt, dass wir einfach so über dich gekommen sind, einer nach dem anderen, stimmts?«, sagte ich leise. »Und du hast dich immer weiter von deinem eigenen Leben entfernt.«

Sie legte die Gabel hin. »Ihr Kinder seid doch mein Leben«, sagte sie.

»Waren wir aber nicht immer.«

»Ich konnte nicht wissen, dass ich eines Tages aufwachen und nicht mehr in der Lage sein würde, eine viertel Meile in weniger als einer Minute zu schaffen.« Sie seufzte und strich sich ein paar verirrte Haarsträhnen hinter die Ohren. »Dass meine Beine weh tun würden von der bloßen Anstrengung, sie morgens über die Bettkante zu schwingen.«

»Du hast uns verlassen.«

Ich hatte nicht vorgehabt das zu sagen. Ich hatte es nicht gewollt. Ich hatte sie fragen wollen, was es hieß alt zu sein, sich nach Dingen zu sehnen, die man nie mehr haben konnte.

Draußen regnete es immer noch ohne Unterlass, es trommelte an die Fensterscheiben. Einen Moment lang sah ich dem Regen zu. Es war fast dunkel und der Himmel lag in diesem silbrigen Zwielicht, das einem die Kehle zuschnürt.

»Ich hab euch verlassen«, sagte Marion leise mit stockender Stimme. »Ich hab meine Familie verlassen. Und dich – mein kleines Baby. Ist das nicht schrecklich?« Nach einem Moment fügte sie hinzu: »Ja. Ja, das ist es. Eine schreckliche Sache.«

Ich wandte mich wieder vom Fenster ab. Der Appetit war mir vergangen. Alles fühlte sich heiß und eng an. Ich wollte allein sein, oben in meinem Zimmer, bei geschlossener Tür. Ich wollte das hier nicht – darüber reden – über diese *Sache*, die sonst nie jemand erwähnte. Aber nachdem wir einmal davon angefangen hatten, konnte ich nicht aufhören.

»Du hast uns völlig hilflos zurückgelassen«, sagte ich. »Ohne Orientierung, Marion. Ich hab das damals nicht gewusst ...« Ich hatte einen Kloß im Hals. Alles kam hoch, als hätten wir erst gestern entdeckt, dass sie fort war. Oder erst vor einer Stunde. »Ich war ja noch klein. Ich wusste nicht, dass ich orientierungslos war. Anne stand eine Stunde lang vor dem Kühlschrank und überlegte, was du wohl gekocht hättest, wenn du dagewesen wärst. Das hast du nicht gewusst, was?«

Marion schüttelte den Kopf. Plötzlich sah sie klein und geschlagen aus. Keiner hatte je ein Wort darüber gesagt, wie es gewesen war. Und sie hatte nie gefragt. Kam eines Nachmittags einfach wieder an und öffnete die Arme, damit wir ihr an die Brust sinken könnten.

Was ich beim ersten Mal auch tat. Aber Anne und Ruben hielten sich zurück, sie lehnten sich mit dem Rücken an die Anrichte, steckten die Hände in die Taschen und beobachteten sie.

»Eine Stunde lang, Marion – während ich und Ruben hungrig am Tisch saßen. Hungrig und stumm vor Schmerz. Und Daddy war oben und rief überall an, wo er meinte, dass du sein könntest ...« Ich schluckte. »Keiner wusste, wo anfangen.«

Ich faltete die Hände auf dem Tisch. Als Marion ihre Hand ausstreckte um meine zu berühren, zog ich sie zurück. Ich wollte nicht, dass sie mich berührte. Jetzt nicht.

»Wir waren wie ausgehöhlt, total ... total leer und verloren. Und am ersten Abend waren wir so ... so hungrig.«

Marion seufzte und sah weg. »Du bist fünfzehn, Elisha«, brachte sie langsam hervor. »Du hast keine Ahnung, wie es ist. Keine Ahnung.«

»Wir dachten, du bist tot.«

»Ich war auch tot. Hier drinnen.« Sie deutete auf ihre Brust. »Ich bin an jenem Tag aufgewacht und habe gewusst, dass ich es keinen einzigen Tag mehr aushalten würde, Frühstück, Mittagessen und Abendessen zu machen, eure Streitereien zu schlichten, Arthurs Gejammer über die Uniklinik mit anzuhören und all den Krach und Dreck zu ertragen ...« Ihre Stimme wurde immer leiser. Als sie fortfuhr, flüsterte sie nur noch. »Ich musste einfach weg.«

Ich starrte auf meine Hände. »Und warum bist du zurückgekommen?«

»Weil ich genauso wenig ohne das alles leben konnte wie damit.«

Ich zögerte. Nie würde ich ihr wieder vertrauen. Zumindest nicht hundertprozentig. Nicht so, wie sich manche Menschen auf ihre Mutter verlassen können.

»Weißt du, was ich daraus gelernt habe, Marion? Dass du nicht immer da sein würdest. Und dass ich mich auf nichts oder niemanden verlassen kann, weil es keine Garantie gibt.«

Marion griff wieder nach meiner Hand. Diesmal ließ ich es zu.

»Wenn du das doch erst mit dreißig hättest erkennen müssen. Oder mit vierzig. Oder fünfundzwanzig, von mir aus. Aber nicht schon mit fünfzehn. Was mich betrifft, die letzten sieben Jahre bin ich nicht abgehauen, und ich glaube nicht, dass ich es noch mal tue.«

Wir schwiegen lange. Ich wandte mich wieder dem Regen zu. Eines Tages würde jemand für mich da sein – und ich würde das nicht als selbstverständlich hinnehmen.

»Erzähl mir von ihm«, sagte Marion mit einem Schmunzeln in den Mundwinkeln. »Erzähl mir von dem Jungen.«

Ich schüttelte den Kopf, erleichtert, dass sich die Unterhaltung nicht mehr ums Verlassenwerden drehte. »Nein.«

»Besucht er die Synagoge?«

Ich lachte. Ich wusste, dass sie mich aufzog. Wir selbst gehen ja kaum in die Synagoge. »Wenn es einen Jungen gäbe – den es aber nicht gibt –, dann glaube ich kaum, dass er in die Synagoge gehen würde.« Ich versuchte mir Jeremiah mit dem schwarzen Käppchen vorzustellen, unter dem die Dreadlocks vorschauten.

Marion lächelte. »Geschieht uns recht, wenn wir dich auf eine nicht-jüdische Schule schicken. Wie hat es dir gefallen?«

Ich zuckte die Achseln. »Es ist in Ordnung. Nicht wie Spence oder Dalton oder Nightingale Bamford. Es ist eben

Percy. Die Schüler sehen nach reichen Vätern und eleganten Müttern aus.«

»Ist der Vater des Jungen reich?«

Ich drückte die Gabel in den Kartoffelbrei. Er war klumpig und dünn, wie immer. Es war das einzige Gericht, das meine Mutter nicht gut machen konnte. »Es … gibt … keinen … Jungen … Marion.«

»Naja, du wirst sicher nette Freunde dort kennen lernen. Und in der Oberstufe vielleicht einen Jungen.«

Ich hatte Percy selbst ausgesucht aus einem Dutzend Schulen – weil mir der Name gefiel. Er erinnerte mich an den Song von Percy Sledge – *If a Man Loves a Woman*. Mir war klar, dass das ein dämlicher Grund war, aber die Schulen schienen alle so gleich zu sein.

»Ich hatte doch nette Freunde im Jefferson.«

Sie und mein Vater hatten entschieden, mich auf eine Privatschule zu schicken, als sie in der *New York Times* gelesen hatten, dass die Thomas-Jefferson-Highschool die schlechtesten Durchschnittsnoten von New York hatte und die wenigsten Schüler von dort aufs College kamen.

»Keiner von diesen Freunden schafft das College«, sagte Marion.

»Vom Percy gehen nur deshalb achtundneunzig Prozent aufs College, weil die Schüler reich sind. Die Eltern kaufen ihnen ihre Studienplätze.«

Marion zog die Stirn kraus. »So was gibt es nicht.«

Ich zuckte die Schultern. »Vielleicht schon.«

»Keiner kann eine Unizulassung kaufen, Elisha. Keiner kann dir gute Noten kaufen.«

Ich zog eine Braue hoch und grinste sie an. »Die Welt hat sich verändert, Marion.«

All meine Geschwister waren auf der Jefferson-Highschool gewesen. Und sie waren alle an gute Universitäten gekommen. Wenn ich das ins Feld führte, sagte meine Mutter: *Das ist lange her, da hatten wir noch kein Geld für Privatschulen. Die Welt hat sich verändert.*

»Aber doch nicht so sehr«, sagte sie jetzt und stand auf um den Tisch abzuräumen. »Es gibt Apfelkuchen zum Nachtisch. Deinen Lieblingskuchen. Wenn du dann in der Oberstufe bist, kannst du vielleicht einen Jungen zu Apfelkuchen und Tee einladen.«

Ich reichte ihr meinen Teller. »Marion«, sagte ich. »Wenn …«

»Ich weiß, ich weiß, Elisha. Wenn es einen Jungen gäbe, den es natürlich nicht gibt, dann wäre er nicht der Apfelkuchen-und-Tee-Typ.«

3

ER LIEBTE DAS LICHT IN DER KÜCHE seiner Mutter. Das gelb getönte Glas im oberen Teil der Scheiben tauchte den Raum in ein sanftes Gold – selbst jetzt, am frühen Abend, und obwohl es so heftig regnete.

»Dein Vater hat eine Nachricht hinterlassen«, sagte seine Mutter. »Musste nach L. A. runter. Komm Sonntagabend wieder. Eine Nummer hat er auch dagelassen.«

»Dann bleib ich die Woche über wohl hier.« Jeremiah warf einen Blick durch das Küchenfenster. In der Wohnung seines Vaters brannte kein Licht. Er war froh, dass er keine Entscheidung treffen musste. Jeden Abend war es das Gleiche. *Bleibst du hier? Bleibst du hier?* Die Stimme seines Vaters oder seiner Mutter, die auf ihn einhämmerte und bettelte, als ob sie eigentlich sagen wollte, entscheide dich für mich. Nein, für mich. Zum hundertsten Mal, nein, zum tausendsten Mal wünschte er sich Geschwister zu haben – einen Mitstreiter. Jemand, der ihm einen Teil von dem abnahm, was sie ihm aufbürdeten. Wie lange sollte das noch so weitergehen? Zwei Adressen. Zwei Telefonnummern. Zwei Zimmer zum Schlafen.

Jeremiah seufzte. Er setzte sich an den Küchentisch und sah seiner Mutter zu, wie sie sich am Herd zu schaffen machte. Sie bereitete Spaghetti-Sauce zu – seine Lieblingsart, mit viel Paprika und Zwiebeln und ohne Fleisch. Sie hatte schon vor langer Zeit mit Fleisch aufgehört. Nach und nach hatte Jeremiah es auch aufgegeben. Ab und zu hatte er so richtig Lust auf einen Hamburger mit Ketchup und Mayo, so wie früher. Aber er hatte schon lange keinen mehr gegessen. Wahrscheinlich würde ihm jetzt schlecht davon. Ein paar Minuten ließ er seinen Basketball zwischen den Füßen hin- und herrollen, dann gab er ihm einen leichten Tritt. Der Ball rollte in die Ecke.

»Hungrig?«

Jeremiah nickte. Die Küche duftete nach Knoblauch und Tomaten. »Ziemlich.«

Seine Mutter sah ihn einen Moment lang an. Sie war hübsch – seine Mama. Er hatte sie immer hübsch gefunden. Sie trug das Haar kurz und band sich bunte Tücher um den Kopf. Heute Abend ein gelbes und ein orangefarbenes, die sie zu einem Turban gewickelt hatte. Ihre Haut war so dunkel wie seine und sehr glatt. Es hieß, sie hätten den gleichen Mund – breit und weich. Und die gleichen Augen. Seine waren hellbraun wie ihre und sie wurden immer gefragt, ob sie Kontaktlinsen trügen. Jetzt lächelte seine Mutter und schüttelte den Kopf. Sie presste die Finger auf die Lippen.

»Was ist?«, fragte Jeremiah. Er merkte, wie sich sein Gesicht zum Lächeln verzog. Heute Abend trug seine Mutter Jeans und ein T-Shirt mit der Aufschrift *Vassar*. Sie hatte an der Uni von Vassar Literatur und Filmwissenschaft studiert. Im Sommer nach ihrem Examen hatte sie an der New York University an einem Filmkurs teilgenommen, der von seinem Vater gehalten wurde. Sie hatte von ihm gehört – sogar schon ein paar seiner Filme gesehen. Sie gingen ziemlich lange miteinander, ehe sie heirateten. *Ich wollte sicher sein, dass er der richtige Mann ist,* hatte seine Mutter immer gesagt.

Inzwischen redete sie nicht mehr viel von ihm.

»Willst du mir erzählen, wie dein erster Tag war, oder muss ich raten?«

»Du musst raten«, antwortete Jeremiah.

Seine Mutter wandte sich wieder dem Herd zu und rührte noch mal in der Sauce. Jeremiah sah zu, wie sie Spaghetti aus dem Sieb auf die blauen Teller schüttete, von denen sie immer aßen. Die Teller waren ein Hochzeitsgeschenk von seiner Großmutter gewesen – der Mutter seines Vaters. Manchmal überkam ihn die Erinnerung an sie – überraschend, als würde sich jemand im Dunkeln hinterrücks anschleichen. Seine Großmutter fehlte ihm über alles. Im Februar würden es fünf Jahre, seit sie gestorben war. Jeremiah drehte den Salzstreuer geistesabwesend zwischen den Fingern. Wie lange es wohl dauerte, bis man vergaß, dass einem jemand fehlte?

»Ich musste eben an Großmutter denken«, sagte er.

»Ja? Was hast du denn gedacht?«

»Einfach nur an sie. Sie ist mir plötzlich eingefallen.« Er biss sich auf die Unterlippe. »Weißt du noch, wie sie wegen Daddy interviewt worden ist?«

Seine Mutter lächelte. Ein trauriges Lächeln, voller schöner und schmerzlicher Erinnerungen. Es tat Jeremiah schon Leid, dass er von ihr angefangen hatte. Manchmal vergaß er, dass Oma die Mutter seines Vaters gewesen war.

Sie stellte die Teller mit den Spaghetti auf den Tisch. »Welches Interview meinst du?«, fragte sie.

»Den Film weiß ich nicht mehr. Ich glaube, es war um die Zeit seiner ersten Oscar-Nominierung. Weißt du noch? Sie hat das knallrote Kleid getragen und die Kette, die ich ihr gemacht habe – die aus Kronkorken.«

Seine Mutter lächelte.

»Oma hat gesagt, er sei vielleicht ein großer Filmemacher, aber sie habe schließlich seine Windeln gewechselt und könne jedem, der es hören wolle, erzählen, dass Daddys ›Geschäft‹ genauso gestunken hätte wie das von jedem anderen. Später hat sie mir erzählt, dass sie eigentlich das andere Wort hatte nehmen wollen, aber es wäre doch nur überpiepst worden, und sie wollte sicher sein, dass sein amerikanisches Publikum verstand, was sie meinte.«

»Ich dachte, Norman würde ausrasten.«

»Großmutter und ich haben noch lange Zeit darüber gelacht«, sagte er leise.

Jeremiah ließ die Finger langsam über die Tischplatte gleiten. Er hörte von draußen, wie ein paar kleine Mädchen ein Lied sangen: *Miss Lucy hatt ein Baby, sie nannt es Tiny Tim …* Er schluckte. Als er dem Mädchen heute in die Augen gesehen hatte, war ihm in ihrem Blick etwas Vertrautes begegnet. Wo war sie jetzt?

»Einen Schluck Wein, Highschool-Junge?« Sie schenkte sich ein Glas Rotwein ein und wartete.

Seufzend stellte Jeremiah fest, dass seine Mutter das Thema wechseln wollte. *Du fehlst mir, Oma. Du könntest mir alles erklären, oder? Du könntest alles in Ordnung bringen.*

»Pinot Noir«, sagte sie. »Soll ein guter Jahrgang sein – ein 1993er aus Napa Valley.«

Vor ihrer Trennung waren seine Eltern in diese Weingegend gefahren. Als sie zurückkamen, erzählte ihm seine Mutter, was sie alles über Wein gelernt hatte. Zusammen probierten sie verschiedene Weinsorten und verglichen sie. Er durfte noch keinen Alkohol trinken, aber seine Mutter ließ ihn an ihrem Glas nippen und brachte ihm bei, was sie über die verschiedenen Weine wusste. Sie sagte, er solle sich auskennen, wenn er mal so weit sei um Wein auszuwählen.

»Ach was, 1993 war kein gutes Jahr für Pinot Noir. Wenn du einen Cabernet oder vielleicht sogar einen Petite Syrah hättest, dann vielleicht.«

Seine Mutter lächelte.

Sie schwiegen eine Weile. Jeremiah sah zu, wie sie einen heißen Brotlaib vom Backofen auf den Tisch balancierte. Wie konnte sich sein Vater nur in jemand anders verlieben? Er hatte es ihm immer wieder zu erklären versucht und jedes Mal dachte Jeremiah schließlich, dass er es verstand. Doch dann kam er abends nach Hause und sah seine Mutter im leeren Wohnzimmer vor dem Fernsehapparat sitzen und ihm zog sich das Herz in der Brust zusammen. Sie wirkte so einsam und verloren im Dämmerlicht.

»Mama? Planst du eigentlich mal wieder ein Buch zu schreiben?«

Es schien eine Ewigkeit her zu sein, dass er sie beim Heimkommen schreibend in ihrem Arbeitszimmer vorgefunden hatte. Drei Romane hatte sie schon geschrieben und sie hatte immer gesagt, sie wolle es auf zehn bringen. Und eine Zeit lang glaubte Jeremiah, dass sie es schaffen würde. Doch als sein Vater sie verlassen hatte, hörte sie auf zu schreiben und Jeremiah traf sie nur noch selten in ihrem Arbeitszimmer an.

Sie setzte sich ihm gegenüber und runzelte die Stirn. »Wie kommst du darauf?«

Jeremiah zuckte die Schultern. »Hab nur so überlegt.«

»Iss lieber, statt zu überlegen.« Nach einer Weile sagte sie: »Das braucht Zeit, weißt du.«

»Aber du hast doch eine Menge Zeit und ich … ich seh dich überhaupt nicht mehr an deinem Schreibtisch.«

»Ich war in letzter Zeit einfach nicht in der Stimmung zu schreiben.« Sie warf ihm einen Blick zu und sah dann wieder auf ihren Teller. Ihre Finger trommelten auf die Tischplatte, wie immer, wenn sie sich aufregte. »Wenn das eigene Leben so dramatisch verläuft, fällt es schwer sich was auszudenken. Ich nehm mir gerade Zeit für mich selbst. Ich glaube, mit meinen Ersparnissen kommen wir hin. Das Haus ist ja abgezahlt und Norman übernimmt das Schulgeld.« Sie lehnte sich vor und legte ihre Hand auf seine. »Okay, Liebling?«

Jeremiah nickte, sagte aber nichts.

Manchmal wachte er morgens auf und ihm fielen kleine Gesten ein – wie sein Vater den Arm um die Schultern seiner Mutter legte oder wie sich seine Eltern umarmten, an der Spüle, bei laufendem Wasser, weil einer von ihnen gerade abgewaschen hatte.

Was passierte damit, wohin verschwand die Liebe? Wie konnte jemand heute die eine Frau lieben und plötzlich, zack, am nächsten Tag liebte er eine andere?

»Jetzt erzähl doch mal von Percy, Miah.«

»Ist nichts Besonderes, weißt du. Eine Schule eben. Die Uniform ist eigentlich das Einzige, das sie von der Technical Highschool unterscheidet. Und mehr Weiße. Viel mehr Weiße. Aber das hatte ich mir schon gedacht.«

»Glauben sie, dass du ein Stipendium hast?«

Jeremiah zuckte die Schultern und starrte auf seinen Teller. »Niemand hat was Blödes gesagt.«

»Bestimmt glauben das einige. Lass dir nichts gefallen.«

»Nein – ich meine, ja. Aber mir ist lieber, sie denken, ich hab ein Stipendium, als dass sie die Wahrheit wissen, verstehst du?«

Seine Mutter nickte. »Ja, Liebling, aber es macht doch auch nichts, wenn sie die Wahrheit rauskriegen. Du sollst ja nicht damit angeben. Aber du musst dich dafür auch nicht schämen.«

Die Wahrheit ... Es war nun mal so, dass er Norman Roselinds Sohn war. Und jeder, der ab und zu ins Kino ging oder die Zeitung las, wusste, wer Norman Roselind war. Klar, er war stolz auf seinen Vater und die Filme, die er gemacht hatte. Aber manchmal wollte er eben einfach Miah sein. Und es war genauso die Wahrheit, dass seine Mutter drei viel beachtete Bücher geschrieben hatte. Man nannte ihren Namen, Nelia Roselind, und die Leute wussten Bescheid. Norman und Nelia – sie waren sogar auf Titelbildern von Illustrierten erschienen. Eine Zeitschrift hatte sie

»das romantische Paar« genannt. Jeremiah wickelte die Spaghetti um seine Gabel. Was die Zeitschriften jetzt wohl schreiben würden – oder was hatten sie schon geschrieben? Er hatte schon lange aufgehört, welche zu lesen. Aus Angst, plötzlich auf irgendwelchen Klatsch über seine Familie zu stoßen.

»Ich fange am Percy an, als würde ich mich neu erschaffen oder so ähnlich, verstehst du? Ohne Daddys Filme und deine Bücher. Nur ich.«

»Krempel dich aber bitte nicht ganz um. Keine Schande, unser Sohn zu sein. Denk doch an deine Schule in Brooklyn – die Leute wussten, wer du bist, und du bist gut zurechtgekommen.«

»Ja, ich weiß schon.« Ein paar Leute an der Tech waren komisch gewesen, ein paar ganz normal. Seine Freunde aus der Nachbarschaft, mit denen er aufgewachsen war, hatten sich cool verhalten, schon immer. Aber neue Schüler, die hatten manchmal einfach seltsam reagiert. Als wäre er unnahbar wie ein Gott oder so. Er konnte das nicht ausstehen.

Wenn alles anders gelaufen wäre, dann wäre er auf der Tech geblieben. Wenn, wenn, wenn. Würde sein Leben immer voller ›wenns‹ bleiben? Wenn seine Eltern noch zusammen wären. Wenn Lois Ann nie geboren worden wäre. Wenn das Mädchen ihm seinen Namen gesagt hätte.

Percy war eine der teuersten Schulen in New York City.

Niemand konnte sagen, ob sie auch die beste war. Jeremiah war nicht der Ansicht. Es war die Idee seines Vaters gewesen. Jeremiah wäre gern auf der Technical Highschool geblieben. Sie war direkt in der Nachbarschaft und er hatte die neunte Klasse dort besucht. Die Stuyvesant Highschool wäre auch gegangen. Da kannte er auch ein paar Typen. Aber sein Vater hatte auf einer Privatschule bestanden, schließlich sei Jeremiah sein einziger Sohn und er wolle das Beste für ihn. Jeremiah hatte sein erstes Highschool-Jahr auf der Tech absolviert, er war in das Basketballteam der Schule aufgenommen worden und er hatte lauter A-Noten bekommen. Dann kamen die Sommerferien, sein Vater zog auf die andere Straßenseite und fing an von besseren Schulen zu reden. Jeremiah wusste, dass es das schlechte Gewissen war, das aus seinem Vater sprach. Aber er wollte es ihm auch recht machen.

Eines Freitagnachmittags hatte sein Vater vor der Tür gestanden und gesagt, er wolle mit Jeremiah Percy besichtigen, eine Schule, über die er in der *New York Times* gelesen hatte. Jeremiah starrte auf seinen Teller mit Spaghetti. Er erinnerte sich noch, wie schnell er damals in das Auto seines Vaters gestiegen war. Und als er zu seinen Fenstern hochgesehen hatte, stand seine Mutter dort und sah zu ihnen herunter. Damals hatte es angefangen, dass er sich immer für den einen oder den anderen entscheiden musste. Er war seinem Vater zuliebe nach Percy gegangen, aber alles andere – kein Fleisch mehr zu essen, nach der Schule zuerst zu ihr zu gehen, nicht dauernd Kraftausdrücke zu benutzen oder sich danebenzubenehmen – das tat er für Mama.

Der Typ, der sie durch die Schule führte, hatte ohne Unterlass geredet, wie klein die Klassen seien und wie Jeremiah in so einem Umfeld »aufblühen« würde. Als ob er eine Blume wäre! Eine Rose ist eine Rose ist eine Rose ist Jeremiah Roselind. Das hatte seine Mutter zu ihm gesagt, als er klein war. Lange war es her. In zwei Wochen würde er fünfzehn. Fünfzehn. Tja, sechzehn, das war schon was, aber mit fünfzehn stand man zwischen Baum und Borke.

»Erde ruft Miah.« Seine Mutter schnippte vor seinem Gesicht mit den Fingern.

Jeremiah lächelte und nahm eine große Gabel voll Spaghetti.

»Der Trainer von Percy hat mal für die Knicks gespielt. Ewig her. Bevor er mich überhaupt spielen sah, hat er gesagt, dass ihm Trainer Thomas schon von mir erzählt hätte.«

Seine Mutter zog lächelnd die Brauen hoch. »Thomas hat ihn tatsächlich angerufen?«

Jeremiah nickte. Thomas war sein Trainer auf der Tech gewesen, aber die Bekanntschaft reichte weiter zurück. In seiner Highschool-Zeit war Thomas mit Jeremiahs Mutter befreundet gewesen.

»Der neue Trainer hat gesagt, dass Percy schon seit Jahren auf einen Punktemacher wartet.« Jeremiah lächelte. »Glaubst du, dass Thomas vielleicht ein bisschen dick aufgetragen hat?«

»Thomas erkennt eben einen Punktemacher, wenn er ihn sieht. Und außerdem glaub ich nicht, dass er wegen mir lügen würde – nicht nach so langer Zeit.«

»Und nachdem du sein Herz gebrochen hast.«

Seine Mutter lächelte und machte eine wegwerfende Handbewegung. »Wir waren nur zwei Jahre älter als du jetzt bist. Blödsinn! Jedem von uns ist das Herz seitdem dutzendmal gebrochen worden. Warts nur ab.«

Wie heißt sie wohl?, dachte Jeremiah. Das Mädchen im Schulkorridor mit dem dicken schwarzen Haar. Und den schönen Augen. Wie sie ihn angeschaut hatte! Und dann sah sie ihm nach – über die Schulter. Er hatte sich auch umgedreht, wollte wissen, ob sie ihm ihren Namen sagen würde. Es gefiel ihm, wie sie ihn ansah. Anders. So direkt. Ohne Angst oder Vorbehalt.

»Schmeckt gut.« Jeremiah deutete mit der Gabel auf seine Pasta.

Seine Mutter warf ihm einen Blick zu. »Nun hör dir das an! Du sagst doch sonst nie, dass was gut ist.«

»Ich schlag eine neue Seite auf.« Jeremiah lächelte.

»Muss wohl eine hübsche Seite sein. Wie heißt sie?«

Jeremiah schüttelte den Kopf. Manchmal kam er sich

bei seiner Mutter wie aus Glas vor – als könnte sie durch ihn hindurchsehen.

»*Niemand*, Ma. Wirklich. Ich find heute die Spaghetti einfach gut.«

»Na dann – danke. Das freut mich aber.«

Sie lachten und aßen eine Weile stumm weiter. Heute Abend saß er ihr gern gegenüber. Unbeschwert. Später, wenn der Regen aufhörte, würde er vielleicht noch ein paar Würfe machen mit Carlton. Hören, wie es an der Tech stand. Aber jetzt gerade reichte es ihm, so in der Küche zu sitzen.

»Du musst auf Percy wahrscheinlich ganz schön ranklotzen.«

»Kann schon sein.«

»Solltest deinen Vater später mal anrufen.«

Jeremiah nickte. Er spürte, wie ihn die Unbeschwertheit verließ. »Mach ich.«

Er hasste die Situation. Schon vom ersten Tag an hatte er sie gehasst. Welche Familie lebte schon in zwei getrennten Wohnungen jeweils auf der anderen Straßenseite? Und die Wohnung hier – mit ihren neun Zimmern. Seine Kumpel nannten sie immer ›das kleine Herrenhaus‹. Sie war viel zu groß für zwei Leute. In den Gästezimmern und Daddys leerem Arbeitszimmer sammelte sich der Staub. Als er noch hier wohnte, hatte Daddy immer Besuch mitgebracht – Leute, die von außerhalb zu Dreharbeiten kamen, Collegefreunde, die an die Westküste gezogen waren, Schauspieler und Regisseure. Ständig tauchte jemand auf und blieb ein oder zwei Nächte. Überall hingen Fotos, Jeremiah mit diesem Schauspieler oder mit jenem Regisseur. Sein Vater war berühmt in der Filmszene – für seinen letzten Film hatte er zwei Oscar-Nominierungen bekommen. Jeremiah dachte daran, wie schön seine Mutter im Abendkleid gewesen war und wie gut sein Vater aussah und wie glücklich er an jenem Abend wirkte. Er hatte seinem Sohn sogar extra einen Smoking gekauft und obwohl sich die Jacke steif und fremdartig anfühlte, kam Jeremiah sich erwachsen vor, wie er da auf dem roten Teppich vor seinen Eltern herschritt.

»Hast du in letzter Zeit mit ihm geredet?«, fragte er jetzt.

Seine Mutter warf ihm einen unwilligen Blick zu. »Nicht mal ›Buh‹ würde ich zu ihm sagen. Und er nicht zu mir.«

»Buh!«, machte Jeremiah. Er wollte sie ein bisschen auf den Arm nehmen, nicht zu sehr. Schließlich musste er seine Eltern nehmen, wie sie waren, mit ihren lächerlichen Verhaltensweisen. Fast ein Jahr, seit sein Vater auf die andere Straßenseite gezogen war. Und es wäre nicht so schlimm gewesen, wenn er nicht ausgerechnet bei Lois Ann King eingezogen wäre. Jeremiah kannte sie schon fast sein ganzes Leben lang. Zwölf Jahre wohnten sie jetzt in diesem Viertel. Und zwölf Jahre wohnte Lois Ann gegenüber. Und jetzt lebte Daddy mit ihr zusammen. Jeremiah hätte die Wohnung nie betreten, wenn da nicht die Anordnung des blöden Gerichts gewesen wäre, dass er in beiden Wohnungen gleich viel Zeit verbringen musste.

»Sobald dieses zähe Scheidungsverfahren über die Bühne ist – ich bin sicher, dann zieht er an die Westküste. Er kann mit Lois Ann hinziehen, wo der Pfeffer wächst, wenn es nach mir geht.«

»Nein, er zieht nicht an die Westküste«, sagte Jeremiah leise.

Seine Mutter sah ihn an. »Da sei mal nicht so sicher, Liebling.«

»Er würde mich nicht hier lassen und ich würde nicht mitgehen.« Er schob den Teller mit Pasta von sich. Auf einmal hatte er keinen Hunger mehr. Er war nur müde. Alles ödete ihn an. Manchmal würde er am liebsten schreien – sich mitten auf die Straße stellen und brüllen. Drei Jahre noch, und er würde so weit weg von hier sein, dass sie sich alle umgucken würden.

Aber das dauerte noch drei ganze Jahre. Wenn er das Mädchen morgen sah, wollte er sie nach ihrem Namen fragen.

4

DAS TELEFON LÄUTETE FRÜH AM Samstagmorgen, eine Woche, nachdem die Schule begonnen hatte. Ich lag auf dem Bett und hatte mein Geschichtsbuch an die aufgestellten Beine gelehnt.

»Geht jemand dran?«, rief ich aus meinem Zimmer. Als keiner antwortete, bekam ich es plötzlich mit der Angst zu tun. Dann fiel mir ein, dass Marion gesagt hatte, sie ginge einkaufen, und mein Vater war Golf spielen. Immer zwei Stufen auf einmal nehmend, rannte ich die Treppe hinunter und hob den Hörer in der Küche ab.

»Hallo?«

»Hey, Schwesterchen, ich bins, Anne.«

Ich lehnte mich an die Wand und schnappte nach Luft. »Anne«, sagte ich mühsam, »ich hab gerade wieder dieses Gefühl gehabt.«

»Ist sie nicht zu Hause?«

»Genau.« Ich rutschte an der Wand nach unten, bis ich saß.

»Ich glaube nicht, dass sie noch mal abhaut, Ellie. Ich meine – es ist doch schon lange her.«

Ich nickte, dann sagte ich: »Ja.« Hoffentlich hatte Anne Recht. Manchmal bekam ich einfach Angst, Marion könnte uns wieder verlassen. An Tagen wie diesem, wenn das Haus leer war und ich vergessen hatte, wo sie hinging.

»Rat mal, wer gestern zum Abendessen da war.«

»Der Rubik-Würfel«, sagte ich und grinste. Das war seit jeher unser Spitzname für Ruben.

»Woher weißt du das?« Annes Stimme klang überrascht und unwillig.

»Er hat Marion gestern Abend noch spät angerufen.«

»Hat er von der Feier erzählt?«

»Was für eine Feier?«

»Gut! Hat er also nicht!«

»Was für eine Feier denn?«, fragte ich wieder. Im Hintergrund hörte ich Geschirr klappern und stellte mir vor, wie Anne in ihrer Küche in San Francisco nebenher Tee machte. Eine Weile hatte sie nur Kaffee getrunken, schwarz und ohne Zucker, wie Marion ihn trank. Eines Tages hörte sie damit auf und trank nur noch Kräutertee.

Jetzt nahm Anne einen Schluck von irgendwas. »Hab ich dir erzählt, dass ich mir die Haare abgeschnitten habe? Sieht ungefähr so aus wie bei Daddy.«

»Marion kriegt zu viel. Was ist denn nun mit der Feier?«

»Ich glaube, ich lass sie braun färben wie deine. Vielleicht auch 'ne Dauerwelle.«

Ich lächelte und schüttelte den Kopf. Sie ließ mich wie immer ein bisschen zappeln. Und ich fiel darauf rein, wie immer.

»Ich hab diese Woche auf Percy angefangen«, sagte ich obenhin.

»Willst du von der Feier hören?«

Ich lachte. »Nee. Kein Interesse mehr. Übrigens, ich muss dir was erzählen.«

»Stacey und ich veranstalten eine Bekenntnis-Feier.«

Stacey war Annes Lebensgefährtin. Sie waren schon fast vier Jahre zusammen. Als Anne damit rausrückte, war Marion an die Decke gegangen. Aber damals wohnte Anne schon in San Francisco. Marion konnte also nicht viel machen. Anne erzählte mir von Eltern, die ihre Kinder wegen so etwas zu Hause rauswarfen oder sie vom College nahmen.

»Und zu was bekennt ihr euch?«

»Nicht zu *was*, Doofie. Zu *wem*. Wir bekennen uns zueinander.«

Ich verdrehte die Augen. »Ihr lebt doch schon seit Jahren zusammen. Ist das nicht irgendwie offensichtlich?«

Ich hörte Anne durchatmen. »Für Stacey und mich ist es offensichtlich, aber wir wollen, dass der Rest der Welt es auch erfährt. Weißt du – wie eine Hochzeit, nur ohne das

Zeug wie ›deinen Mann ehren‹ und ›dein angetrautes Weib beschützen‹ und so.«

»Und tragt ihr auch ein Hochzeitskleid und einen Anzug?«

»Nein, Ellie.« Anne klang einen Tick zu geduldig. »Wir tragen ganz normale Klamotten. Schöne, normale Klamotten. Wie dem auch sei, ich will, dass du dazu nach San Francisco kommst. Wir laden ein paar Freunde ein und sprechen ein Gelöbnis aus. Ruben fand die Idee nicht so toll. Ich dachte, er hätte es Mom schon gesteckt.«

»Nö. Marion hätte es erzählt. Genau, wie sie mir was erzählen wird, wenn ich mitten im Schuljahr zu dir fahren will.«

»Ich red mit ihr. Würdest du kommen?«

»Na klar, Anne. Du fehlst mir so.«

»Du mir auch. Jetzt bist du dran, Privatschülerin. Ich kanns nicht fassen, dass ein Kind der Eisens auf der Privatschule ist. Wo soll die Welt noch enden!« Sie lachte.

Ihr Lachen fehlte mir. Ihre grauen Augen, die in den Augenwinkeln immer Fältchen kriegen.

Ich zog eine Haarsträhne durch den Mund und kaute einen Augenblick darauf herum. Vielleicht würden Jeremiah und ich eines Tages auch eine Bekenntnis-Feier abhalten. Was würde ich für ein Gelöbnis abgeben? Dass ich daran denken würde, ihm meinen Namen zu sagen, wenn wir uns je wieder zum ersten Mal im Schulkorridor träfen.

»Ach, bei mir ist eigentlich nichts los. Ich meine, nicht so was wie bei dir.«

»Du hast jemanden kennen gelernt, stimmts?« Ich wusste, dass sie lächelte.

»Ja. So in der Art.« Ich lehnte mich an die Wand zurück und schloss die Augen.

»Junge oder Mädchen?«

»Einen Jungen.« Ich grinste. »Er heißt Jeremiah.«

»Jeremiah«, sagte Anne. »Klingt nett. Wie der Ochsenfrosch.«

Ich lachte.

»Wie heißt er weiter?«

»Weiß ich nicht.«

»Ah, das klingt ja nach einer ernsten Sache.«

Ich klemmte den Hörer zwischen Kopf und Schulter und begann am Nagelbett zu kauen. Draußen schrie ein Baby. Anne fehlte mir. Wie sie mir bei Tisch gegenüber saß, wie sie jedes Mal im Vorbeigehen an meinem Pferdeschwanz zog. Und auch noch andere Sachen – die von früher. Abendliches Vorlesen, mich ins Bett bringen, mich am Haaransatz küssen, wo ich so kitzlig bin.

»Glaubst du, dass du jemals nach New York zurückziehst, Anne?«

»Lenk nicht ab.«

»Tu ich nicht. Ich möchte dich nur hier haben. Ich möchte, dass du ihn kennen lernen könntest.«

Anne schwieg einen Augenblick. »Erzähl mir, was so besonders an ihm ist.«

»Weiß nicht. Er weiß wahrscheinlich nicht mal, dass es mich gibt. Ich hab nicht dran gedacht ihm meinen Namen zu sagen, als wir uns kennen gelernt haben. Blöd, was? Ich mach mich – na ja, verrückt wegen dem Typ und er weiß nicht mal meinen Namen.«

»Das ist nicht blöd. Er hat dich halt eiskalt erwischt. Mit Stacey war es genauso. Beim ersten Wort, das sie zu mir gesagt hat, hab ich gewusst, dass ich das Leben mit ihr verbringen will. Das ist nicht blöd. Es ist – ich weiß nicht – halt auch so einer der seltsamen Aspekte des Lebens. Wie sieht er aus?«

»Also, ich hab ihn ja erst einmal gesehen – wir sind ineinander rein gelaufen – wörtlich. Und er hat mir geholfen meine Bücher aufzuheben. Und dann hat er mich angesehen und gelächelt. Und es war, als ob etwas in mir durchdreht.«

Anne lachte. »Ich fände ihn bestimmt nett. Jemand, der das Gemüt meiner vernünftigen kleinen Schwester durcheinander bringt, muss schon erstaunlich sein.«

»Er ist größer als ich«, sagte ich. »Er hat Rastalocken und so strahlend braune Augen …«

»Rastalocken?«

»Seine Frisur. Du weißt schon.«

»Brrr. So ein Typ ist das.«

»Wieso?«

»Ich mag Dreadlocks nicht an weißen Jungs. Verstehst du – sie biedern sich zu offensichtlich an.«

»Er ist schwarz, Anne.«

Keine Reaktion. Ich spürte, wie die Atmosphäre zwischen uns seltsam wurde. Es verging eine Minute, vielleicht sogar noch eine.

»Tatsächlich?«

Ich wurde ärgerlich. »Nein. Ich lüge nur.«

»Entschuldige, Ellie. Ich hab gedacht, Percy ist so eine *chichi* Schule, nur mit Weißen.«

»Das stimmt eben nicht.« Ich wollte, dass sie noch etwas anderes sagte. Was Kluges – so wie sonst immer.

Wir schwiegen.

»Du bist sauer, stimmts?«

»Nein.«

»Was ist dann los?«

Ich seufzte. »Nichts. Ich muss Schluss machen. Hab noch zu lernen.«

»Ellie. Hör auf. Ich bin nur überrascht, das ist alles.«

»Zuerst warst du total begeistert. Ehe ich dir gesagt hab, dass er schwarz ist.«

»Und ich bin immer noch begeistert. Ich kann doch überrascht und begeistert auf einmal sein. Manno. Ich hab es einfach nur nicht in Betracht gezogen – du weißt schon.«

»Na, dann frag dich mal, warum. Es ist ja schließlich nicht so, dass du nie einen einzigen Schwarzen siehst.«

»Ich hab es bloß nie in Betracht gezogen … für mich selbst. Oder für jemanden in der Familie, ehrlich gesagt. Das ist alles. Es ist ja nichts Schlimmes. Ich finde nur, dass es schwierig ist, einen Freund oder eine Freundin aus einer anderen Rasse zu haben. Ich will wahrscheinlich nur die große Schwester spielen und dir sagen … ach, ich weiß nicht. Ich will einfach, dass du keine schmerzlichen Erfahrungen machst, Ellie. Das ist alles.«

Ich starrte auf meine Nagelhaut. Sie blutete da, wo ich so heftig genagt hatte. »Das Gleiche hat Marion doch auch zu dir gesagt, Anne«, sagte ich leise.

»Ich weiß. Und ich kann es kaum glauben, dass es jetzt aus meinem Mund kommt. Ich kann nicht glauben, dass ich hier sitze und verstehe, wie sich Marion gefühlt hat.«

»Das darf doch nicht wahr sein.« Ich kam mir plötzlich alt vor. Was hatte ich erwartet – dass sie vor Glück jubeln würde? Dass sie auf der Stelle kommen würde um ihn kennen zu lernen? Nein. Nur, dass sie mir dabei helfen würde. Wie sie es immer getan hatte. »Ich muss Schluss machen«, sagte ich wieder.

»Hör zu, Ellie. Ich weiß, dass du jetzt sauer bist …«

»Ich bin doch nicht sauer. Hör auf damit, Anne.«

»Womit?«

»Mir das Gefühl zu geben, dass ich ein Baby bin, okay?« Ich schwieg abrupt.

»Okay«, sagte sie. »Sieh mal, ich weiß, dass du in New York lebst und ich weiß, dass sich die Dinge geändert haben, seit ich auf der Highschool war, und und und. Aber ich muss mal kurz die große Schwester spielen und dir sagen, tu nicht nur deshalb etwas, weil du eine Wut auf Marion hast oder weil du radikal sein willst ...«

»Du bist so eine Klugscheißerin«, fuhr ich sie an. »Seit wann bist du so eine Klugscheißerin?« Und ehe sie antworten konnte, hängte ich auf.

Vor langer Zeit hatte Anne mal von Energie geredet – Liebe sei nichts als freigesetzte Energie – Ionen, die sich einen Weg durch Synapsen von Zeit und Raum bahnten. *Versuch nicht, Liebe zu rationalisieren,* sagte sie damals. *Mit Vernunft hat es nie was zu tun.* Ich lehnte mich an die Wand und schloss die Augen. Ich wollte nicht weinen. Anne hatte Recht. Es hatte überhaupt nichts mit Vernunft zu tun.

5

JEREMIAH SASS AUF DEM SEITEN-streifen und ließ den Blick über die Sporthalle gleiten. Sie war neuer als die in der Tech – und größer. Die Spielbretter hinter den Körben waren aus Glasfiber, die Streben waren gepolstert und der Boden der Halle schien beinahe zu federn, wenn man sprang. In der Mitte der Bodenfläche über dem Percy-Logo war ein graubraun gestreifter Panther, der zum Sprung ansetzte. Jeremiah beobachtete Rayshon und Kennedy, die mit dem übrigen Team über das Spielfeld liefen. Kennedy bewegte sich mit Leichtigkeit, genauso geschmeidig, wie er sich durch die Schule bewegte. Er war im vorletzten Schuljahr und ging schon von Anfang an auf die Percy-Schule. Er war freundlich und beliebt. Rayshon war etwas älter. Er war meistens nicht sehr gesellig, setzte sich in den Auszeiten etwas abseits vom übrigen Team und verschwand nach dem Training immer sofort. Sein Spiel war ein bisschen schwach, aber auf dem Spielfeld schlug er Miah immer grinsend in die aufgehaltene Hand, wenn einer von ihnen einen guten Spielzug machte. Am ersten Trainingstag hatte Rayshon sich herübergebeugt und geflüstert: »Nenn uns einfach die drei schwarzen Musketiere.« Jeremiah hatte gelächelt und genickt. Es war nur ein Witz, trotzdem enthielt er eine tiefere Wahrheit. Etwas, das nur er und Rayshon und Kennedy verstanden.

»Beweg dich oder ich mach Kleinholz aus dir, Joe«, rief Trainer Avery.

Jeremiah schüttelte den Kopf, als er jetzt an das erste Training dachte. »Bist du mit Norman Roselind verwandt – dem Filmtyp?«, hatte ihn ein Junge namens Braun gefragt.

»Glaubst du etwa, wir sind alle irgendwie verwandt?«, hatte Kennedy grinsend zurückgefragt.

Braun wurde verlegen. Sie hatten auf den Zuschauerbänken gesessen und auf den Trainer gewartet. Jeremiah schnappte sich den Ball von Kennedy. »Mit keinem verwandt«, sagte er und ließ den Ball zwischen seinen Füßen aufprallen. »Mann! Glaubst du etwa, ich wär auf dieser lahmen Schule, wenn mein Vater Regisseur wäre?«

Die anderen lachten. Braun schlug ihm auf die Handfläche. Jeremiah konnte Braun gut leiden. Und es gab noch ein paar coole Typen im Team. Trotzdem vermisste er die Tech und Carlton und die Freunde, mit denen er gespielt hatte, seit er klein war.

Jetzt schloss er die Augen. Auf seiner Kommode stand ein Bild von ihm und Carlton, auf dem sie beide ungefähr acht waren. Sie hatten die Arme umeinander gelegt und zwischen ihnen lag ein Basketball am Boden. Damals, vor Urzeiten, hatte er geglaubt, sie würden immer gemeinsam Ball spielen.

Er ließ den Blick über das Team gleiten und seufzte. Das waren jetzt seine Jungs – seine Mannschaft. Und wenn er Teil des Teams sein wollte, wenn es funktionieren sollte, dann musste er mit ihnen auskommen, sie respektieren – egal, wie schwach ihr Spiel war.

»Zieh dein Sweatshirt aus, Roselind.« Der Trainer deutete aufs Spielfeld. »Joe, mach mal Verschnaufpause.«

Jeremiah zog sich das Sweatshirt über den Kopf und lief aufs Spielfeld. Im Vorbeigehen schlugen er und Joe die Handflächen aneinander. Er war nicht der größte Junge im Team, aber in der ersten Trainingswoche war ihm klar geworden, dass er mit Abstand der schnellste war und am besten werfen konnte.

Kennedy spielte ihm den Ball zu und er nahm ihn ins gegnerische Feld mit, täuschte den Verteidiger und warf. Der Ball sauste ohne Mühe ins Netz.

»Auf dem Weg zum Superstar«, flüsterte ein älterer Schüler namens Peter.

Jeremiah sah ihn wortlos an.

»Du hast es drauf, Ice, weißt du, was ich meine?« Peter

hielt die Hand zu dem üblichen Schlag hoch. »Auf meinem Namensschild steht Peter. Peter Hayle, erinnerst du dich? Wir haben am ersten Tag nebeneinander gesessen.«

»Klar, sicher.« Jeremiah schlug Peter auf die Handfläche. Er konnte es nicht leiden, wenn weiße Jungen versuchten wie Schwarze zu klingen.

»Ich muss lernen, auch solche Würfe hinzukriegen. Auf dem Feld zu glänzen, wie du.«

»Musst dich nur ranhalten«, sagte Jeremiah.

Sie liefen zusammen das Spielfeld entlang. Rayshon sah zu ihnen herüber, schüttelte den Kopf und grinste.

»So'n Spiel wie deins draufkriegen, dann bin ich high – verstehst du?« Peter verfehlte den Ball.

»Könntest du dich vielleicht aufs Spiel konzentrieren, Hayle?«, rief der Trainer.

Jeremiah schnappte den Ball weg, spurtete ins gegnerische Feld und versenkte ihn.

»Was soll das denn bitte sein?«, rief der Trainer mit rotem Kopf. »Ein Ein-Mann-Spiel? Ab in die Duschen! Ich hab für heute genug von euch.« Er nahm sein Clipboard und verschwand aus der Halle.

»Bis später«, sagte Rayshon und schlug Miah auf die Hand. »Du hast gut ausgesehen da draußen, Mann.«

»Danke.« Miah grinste.

Rayshon hielt Peter die Hand zum Schlag hin. »Bis dann, Bleichgesicht.«

Peter wurde rot. »Ich nicht Bleichgesicht, Mann«, sagte er und schlug auf Rayshons Hand.

»Ich wissen.« Rayshon grinste und zwinkerte Jeremiah zu. Er schnappte seine Sporttasche, winkte noch mal und verließ die Halle.

»Der Kumpel muss die Bahn kriegen«, erklärte Peter. »Würde mich an seiner Stelle auch beeilen, verstehst du?«

Jeremiah schüttelte den Kopf.

»Rayshon zahlt sein Schulgeld selbst«, sagte Peter und lief neben ihm auf die Umkleideräume zu. »Hat zwei Jobs. Letztes Jahr hat Percy ihm endlich ein Stipendium gewährt, aber kein volles.«

Jeremiah zog sich das T-Shirt über den Kopf, wischte sich damit den Schweiß vom Nacken und schloss sein Schließfach auf. »Das müssen ja gut bezahlte Jobs sein.«

»Hat mein Vater vermittelt.« Peter hielt den Kopf unter die Dusche, ließ Wasser darüber laufen und kam zur Bank zurück. Das Wasser lief ihm übers Gesicht, während er sich setzte. »Mein Vater hat 'ne Werbeagentur, verstehst du. Letztes Jahr hat er Rayshon in seiner Firma angeheuert. So auf Probe, aber Rayshon war gut und mein Alter meinte, Mann, den Kerl halt ich mir warm.«

»Warum lässt er dich nicht dort arbeiten?« Jeremiah wurde allmählich ungeduldig.

Peter verzog das Gesicht. »Ich jobbe doch nicht. Ich steh mehr auf Bildung.«

Jeremiah schlug die Tür von seinem Schließfach zu und stapfte wortlos zu den Duschen. Er fand es bodenlos, dass Rayshon zur Arbeit rennen musste, während Peter hier herumsitzen und Blödsinn reden konnte. Selbst wenn Peters Vater Rayshon zu dem Job verholfen hatte, schien es nicht fair.

»Komm doch mal zu uns, wir könnten ein bisschen zusammen trainieren«, schlug Peter vor. »Wir haben gute Sportplätze in der Nähe.«

Jeremiah spürte, wie er plötzlich aggressiv wurde. Er drehte sich um. »Warum kommst du nicht in meine Gegend?«

»Wo hängst du rum?«, fragte Peter und lehnte sich an den Schrank. »Ich bin dabei.«

»Fort Greene in Brooklyn.«

Peter schaute ihn kurz nachdenklich an. »Nee, Mann, Brooklyn ist nicht mein Ding. Nur East-Side-Ball, das ist mein Spiel.«

Jeremiah schüttelte den Kopf. »Deshalb ist es wohl so schwach«, sagte er, trat in die Duschkabine und klappte die Tür zu, ehe Peter antworten konnte.

Er seifte sich schnell ein und ließ das heiße Wasser eine Weile über Gesicht und Rücken rinnen. In einer anderen Kabine konnte er jemanden singen hören, laut und falsch. Er biss sich auf die Unterlippe. Was hatte er hier verloren?

Veränderung hat was Gutes, hatte seine Großmutter oft

gesagt. *Denk nur an die Jahreszeiten. Du willst doch nicht dein ganzes Leben lang gleich bleiben, bis dir Moos zwischen den Zehen wächst!*

Er blieb noch ein paar Minuten unter dem Wasserstrahl stehen. Als er aus der Dusche trat, war Peter fort. Jeremiah seufzte. Er blickte sich flüchtig im Spiegel an der gegenüberliegenden Wand an. Er war dunkel, dunkel und groß und wildmähnig. Im Hintergrund sah er seine Mitspieler im Umkleideraum herumgehen. Er hätte ihnen gleich am ersten Tag sagen sollen, wer sein Vater war. Das hätte ihnen gezeigt, wo's langgeht. Sie hielten ihn für einen typischen Kerl aus Brooklyn. Aber das war er nicht. Er war der Sohn von Norman Roselind. Er war der Sohn von Nelia Roselind. War in der ganzen Welt herumgekommen. Er hatte Länder gesehen, von denen ein paar von diesen Typen nicht mal wussten, wie man sie schrieb. Kennedy sah zu ihm rüber und winkte ihm zum Abschied zu. Jeremiah sah ihm nach. Zwei schwarze Musketiere weg, blieb noch einer.

Was machte er hier eigentlich, zwischen all den weißen Jungs?

Das Mädchen im Korridor. Er starrte verwirrt in den Spiegel. »Sie ist auch weiß«, flüsterte er und begriff endlich die Tragweite der Worte. Er hörte, wie jemand lachte. Es klang, als würde die ganze Welt auf ihn deuten und … über ihn lachen.

6

AM MONTAGMORGEN STAND ICH, WIE jeden Morgen seit dem letzten Telefongespräch mit Anne, mit der Hand auf dem Telefon in der Küche. Es war drei Stunden früher in San Francisco, aber ich wusste, dass Anne auf sein würde. Sie stand im Morgengrauen auf, so lange ich mich zurückerinnern konnte.

Im Wohnzimmer hörte ich Marion und Daddy leise miteinander reden.

Es war zu dämlich – die ganze Geschichte. Ich hatte Jeremiah nur noch einmal gesehen seit jenem ersten Tag – wie er mit wehenden Locken in einem Klassenzimmer verschwand.

Jeremiah.

Ich versuchte uns beide Seite an Seite vor mir zu sehen. Er war größer als ich und dünn. Oder zumindest sah er dünn aus, so wie die Hose an ihm schlabberte. Und die Augen. Ich hatte noch nie einen Schwarzen mit so hellen Augen gesehen – fast grün. Von wem er sie wohl hatte? Von wem er wohl überhaupt alles hatte? Seine dunkle, glatte Haut. Sein Lächeln mit ganz winzigen Grübchen unter den Augen.

»Anne, ruf doch an … bitte«, flüsterte ich. »Sag, was ich tun soll.« Nach einem Augenblick wandte ich mich vom Telefon ab, warf meinen Rucksack über die Schulter und ging ins Wohnzimmer.

»Ich bin weg«, sagte ich und winkte.

Mein Vater sah von der *Times* auf. »Kein Kuss?«

»Heute nicht«, sagte ich und schlug die Tür hinter mir zu.

An der Siebenundsiebzigsten Straße bog ich in den Park ein und rannte voll in einen schwarzen Typen. Mein Magen kribbelte. Er hatte Rastalocken und war dunkel und erinnerte mich an Jeremiah.

»Entschuldigung.«

Er nickte und lief einfach weiter. Eine Aktentasche schlug ihm bei jedem Schritt ans Bein.

Ich drehte mich um und sah ihm nach. Dabei rieb ich den winzigen Davidstern, den ich an einer Goldkette um den Hals trug, zwischen den Fingern. Warum musste ich immer mit schwarzen Typen zusammenstoßen? Stand mir das in den Sternen? Ich schüttelte den Kopf und grinste.

Einmal, als ich mit Anne im Central Park spazieren ging, kam plötzlich ein Schwarzer auf uns zugerannt. Ich runzelte die Stirn bei der Erinnerung daran. Anne hatte geschrien und mich gepackt. Als der Typ näher kam, merkten wir, dass es ein Jogger war, kein Räuber oder so, und Anne wurde rot vor Scham.

Ich lief weiter. Ob sich Anne genauso verhalten hätte, wenn der Typ weiß gewesen wäre? Ich nahm den Davidstern in den Mund und lutschte darauf herum. Es beruhigte mich irgendwie, ihn im Mund zu spüren.

Früher dachte ich, es spielt keine Rolle – jeder auf der Welt hat die gleichen Chancen, die gleichen Probleme. Da werden zwei Babys geboren – eins weiß, eins schwarz. Vielleicht teilen ihre Mütter das Krankenzimmer und unterhalten sich leise – nachdem alle begeisterten Besucher weg sind und das ganze Krankenhaus schläft – über ihre Zukunft. Noch lange nach dem Stillen sprechen sie darüber, welche Träume sie für ihre Babys haben. Alles, was diese Babys brauchen, dachte ich früher immer, ist Chancengleichheit – und die Träume der Mütter. Ich war damals so … dumm. So naiv. Ich glaubte das wirklich. Nur weil niemand aus meiner Familie jemals was Schlechtes über Schwarze gesagt hatte.

»Alle Menschen haben ihr Päckchen zu tragen«, sagte Marion oft. »Warum sollte sich irgendjemand einbilden, mehr oder weniger wert zu sein als andere?«

Aber wo waren sie nur – die Schwarzen, die genauso waren wie wir, die genauso viel wert waren wie wir? Warum kamen sie nicht zu uns zu Besuch? Warum spielten sie samstags nicht Golf mit Daddy oder machten donnerstags Patchworkarbeiten mit Marion? Warum tauchten sie in unserer Welt nicht auf, waren um uns, ein Teil von uns?

TEIL 2

7

AM FREITAG REGNETE ES WIEDER, ein warmer, gleichmäßiger Regen fiel, der die ganze Stadt grau aussehen ließ. Ich saß im Geschichtsunterricht von Mr. Hazelton und sah hinaus. Der Regen hatte was Trauriges. Marion war an einem Regentag verschwunden. Und Anne. Als sie auszog, regnete und regnete es. Ich wandte mich wieder meinem Geschichtsbuch zu. Jeremiah musste Percy wohl verlassen haben. Es war bereits Oktober und ich hatte ihn nur noch ein einziges Mal gesehen seit jenem ersten Tag. Das sagte mir der Regen, als er an die Scheiben schlug – dass ich die Hoffnung aufgeben sollte. Es würden immer irgendwelche Leute aus meinem Leben verschwinden.

»Ich möchte, dass ihr alle siebenundzwanzig Zusatzartikel der Verfassung auswendig lernt bis ...«, sagte Mr. Hazelton gerade.

»Entschuldigung.«

Ich spürte, wie sich der Raum verwandelte. Die Luft um mich wurde plötzlich warm – und still.

»Ich bin von Ms. Trousseaus Kurs hierher geschickt worden. Mein Name ist Jeremiah.«

Ich hob ganz langsam den Kopf, aus Angst, mich verhört zu haben.

Da stand er – vorne vor der Klasse – schön – so, wie ich ihn in Erinnerung hatte.

Mit gerunzelter Stirn betrachtete Mr. Hazelton Jeremiahs Kurskarte. »Das Schuljahr ist schon ziemlich fortgeschritten, Jeremiah Roselind.«

»Ja, Sir.« Jeremiah sah sich rasch im Raum um. Sein Blick glitt über mich weg, dann kehrte er zurück. Er lächelte.

»Na, dann setz dich mal«, sagte Mr. Hazelton. »Schau bei jemandem ins Buch. Du kannst dir nach der Schule bei mir im Büro ein Geschichtsbuch holen. Bis Montag musst du alle siebenundzwanzig Zusatzartikel lernen. Hast du die Zusatzartikel schon durchgenommen?«

»Ja, Sir.« Jeremiah wirkte irritiert.

»Na gut. Setz dich.«

Er sah sich noch mal im Zimmer um und nickte einigen Leuten grüßend zu, dann kam er langsam durch den Gang auf mich zu.

»Kann ich mich neben dich setzen?«

Ich nickte. Er war größer, als ich ihn in Erinnerung hatte, und er hatte das Haar zu einem Pferdeschwanz zusammengebunden. Als er sich hinsetzte und wieder grinste, lächelte ich zurück. Mein Lächeln kam mir wackelig vor. Vielleicht zitterten meine Lippen.

»Kann ich bei dir reinschauen?«

Ich nickte wieder und presste die Nägel in die Handflächen, bis die Haut fast platzte.

»Kann ich dein Buch behalten?«

Ich starrte ihn an ohne etwas zu sagen, weil ich nicht sicher war, was er meinte. Er grinste.

»Nur ein Spaß.«

»Ach so.«

»Das Persönlichkeitsrecht ...«, sagte Mr. Hazelton gerade.

Jeremiah beugte sich vor, um mit mir ins Buch zu sehen. Er roch nach Moschus und nach Herbst – als wäre er gerade von draußen hereingekommen. Ich starrte auf die Buchseite und atmete tief durch.

»Warum haben sie dich aus dem anderen Kurs hierher geschickt?«, flüsterte ich.

»Ich kannte den Stoff schon. Förderkurs Geschichte! Versehen der Schule.« Er rollte die Augen.

»So was passiert öfter, wetten?«

»Ja, aber es sieht nicht gerade nach einem Versehen aus, dass es ausgerechnet mir passiert. Wieso bilden sie sich ein, dass ich überhaupt Förderkurse brauche? Ich wurde gar nicht erst getestet. Nicht mal gefragt. Sie haben mich einfach für den Förderkurs eingeteilt und nun wundern sie sich, weil ich schon alles kann. Da fragt man sich doch – liegt es an meinen Haaren?« Er lächelte.

Ich lächelte schief zurück, weil ich nicht ganz sicher war, was er meinte.

»Oder ist es das Melanin?«

Das *Melanin*. Ich ließ mir das Wort einen Augenblick durch den Kopf gehen und runzelte die Stirn. Der schwarze Farbstoff, die schwarze Hautfarbe! Früher war die Welt so gewesen. Aber doch jetzt nicht mehr, oder? Nein. Meine blöde Schwester mochte noch so sein. Und meine Familie vielleicht manchmal. Aber die übrige Welt doch nicht. Bitte die übrige Welt nicht!

»Egal«, flüsterte Jeremiah. »Ich weiß noch gar nicht, wie du heißt.«

Ich schluckte. Mr. Hazelton sah zu uns herüber. Ich schlug eine leere Seite in meinem Heft auf und schrieb »Ellie« oben auf das Blatt.

»Kennst du den fünften Zusatzartikel zur Verfassung, Jeremiah Roselind?«

»Ja. Das Recht zu schweigen.«

»Gut. Vielleicht kannst du mit Elisha jetzt mal den Artikel fünf in Anspruch nehmen.«

Die Klasse lachte und Jeremiah grinste. Er hatte ein schönes Lächeln.

»Ja, Sir.«

Ich starrte seine Hand auf dem Geschichtsbuch an.

Seine Finger waren lang und braun. Langsam bewegte er die Hand über die Seite und ließ sie unter meinem Namen liegen. Er glitt mit dem Finger darüber, tippte darauf und zwinkerte mir zu.

8

AN MANCHEN VORMITTAGEN KAM ES ihm vor, als würde die Glocke überhaupt nicht mehr läuten, als würde es nie Zeit, in Mr. Hazeltons Kurs zu gehen und sich neben sie zu setzen. Wenn es dann schließlich klingelte, umklammerte er die Riemen seines Rucksacks um nicht loszurennen, in das Klassenzimmer zu rennen, wo er neben ihr sitzen konnte. Ellie.

Er ertappte sich dabei, dass er sie beobachtete, wenn sie es nicht sah. Wie sie sich mit der Hand das Haar aus dem Gesicht strich. Langsam, eine Strähne um den Finger gewickelt, strich sie es hinter die Ohren. Wie sie sich mit leicht zusammengezogenen Brauen über ihr Heft beugte und etwas hineinschrieb. Und ihr Lächeln – sie hatte ein hinreißendes Lächeln. Warm und traurig und irgendwie noch anders. Er konnte es nicht beschreiben. Es war unmöglich in Worte zu fassen, was er fühlte, wenn Ellie ihn ansah und lächelte. Als ob etwas in ihm aussetzte und dann wieder anfing.

An diesem Nachmittag hatte er sich in der Bank herübergelehnt und ihre Schultern berührten sich. Er spürte die Wärme, die durch ihren Blazer drang. Sie hatte ihn angesehen und gelächelt. Und sie waren so sitzen geblieben, die Schultern leicht aneinander gelehnt, bis es klingelte.

Jeremiah ging jetzt langsam nach Hause. Er hatte die Daumen hinter die Riemen seines Rucksacks gesteckt. Keiner der anderen Schüler hatte einen aus Leder und Jeremiah wusste inzwischen auch, warum – einer seiner Riemen war bereits gerissen und er hatte ihn zum Nähen zum Schuster bringen müssen. Und die Bücher! Er hatte zwei in seinem Schließfach gelassen und die anderen so gut es ging in den Rucksack gestopft. Jetzt war der Reißverschluss schon fast am Kaputtgehen. Er war dämlich, der lederne Rucksack. Gleich am Samstag wollte er in die Stadt gehen und einen aus Nylon kaufen. Ihrer – der von Ellie – war blau. Er hatte sie aus der Schule gehen sehen, den Rucksack an die Brust gedrückt, als wolle sie etwas verbergen …

»Miah! He, Miah, warte doch!«

Jeremiah wandte sich um. Carlton rannte auf ihn zu. Er kickte einen Basketball vor sich her und sein krauses braunes Haar wehte ihm wild um den Kopf. Jeremiah zurrte seinen Rucksack auf dem Rücken hoch und sah Carlton entgegen. Er hatte sich eigentlich nie Gedanken darüber gemacht – über Carltons weiße Mutter und seinen schwarzen Vater. Er hatte ihn nie gefragt, wie das war. Ellie. Wo sie wohl wohnte? Wer wohl ihre Eltern waren?

»Was ist los?« Carlton grinste und warf ihm den Ball zu. Dann beugte er sich mit den Händen auf den Knien nach vorn und holte ein paar Mal tief Luft. »Über drei Blocks hab ich mir jetzt die Lunge nach dir ausgeschrien. Die Schule da macht dich wohl tiefsinnig, oder?«

»Du bist aber nicht besonders in Form, Mann. Wie du nach Luft schnappst!«

Carlton richtete sich auf und holte sich den Ball zurück. »Von der Kreuzung Atlantic und Fünfte bin ich in sieben Minuten bis hierher in die South Portland gerannt, was heißt da also, nicht in Form?«

»Na, bin ich vielleicht derjenige, der schnauft, als hätte er gerade einen Marathon hinter sich?«

Miah lief weiter und Carlton setzte sich neben ihm in Bewegung.

»Du siehst vielleicht aus in deinem Percy-Staat!« Carlton betrachtete grinsend Jeremiahs Uniform.

Jeremiah sah an sich hinunter. Die dunkelrote Jacke war aus einem Wollstoff, der am Kragen und an den Manschetten kratzte. Und die graue Hose hatte einen komischen Schnitt. Er hatte sie eine Nummer zu groß genommen, aber das war nicht das Problem. Sie saß einfach nicht. Als er die Uniform gegen Ende der Sommerferien anprobierte, hatte sein Vater gemeint, er sähe schick aus. Aber

›schick‹ und ›gut aussehend‹ waren zwei Paar Schuhe und Jeremiah wusste, dass er in seiner Schuluniform nicht gerade gut aussah.

»Hast ja Recht. Ist totaler Mist. Ich überleg manchmal, ob ich mir nicht einfach sagen soll, zum Teufel mit ihnen, und in meinen eigenen Klamotten hingehe.«

Carlton lachte.

»Wenn du mit Brooklyn-Klamotten in die Schule da gehst, dann schicken sie dich heim, weil sie denken, o Gott, wir haben einen Echten reingelassen.«

»Du sagst es.« Jeremiah nickte. »Wenigstens konnte ich die Schuhe selbst aussuchen.« Er bückte sich und wischte ein unsichtbares Stäubchen von seinen Stiefeln. Sie waren schwarz und hatten dicke Profilsohlen.

»Super Stiefel«, sagte Carlton, »aber die eigenen Klamotten wären mir lieber.«

Jeremiah nickte. Carlton trug Jeans und ein grünes Sweatshirt, auf dem vorne groß *Weisheit* stand. Er ließ den Ball beim Gehen lässig zwischen den Füßen auf und ab springen.

»Vermissen sie mich an der Tech?«

»Nö – eigentlich nicht. Wahrscheinlich schnallen sie nicht mal, dass du weg bist, solange die Spielzeit noch nicht angefangen hat.« Carlton lachte. »Und? Irgendwas Aufregendes auf Percy?«

»Nee.« Jeremiah schüttelte den Kopf. »Ein verlotterter

Haufen. Waren letztes Jahr in der dritten Liga. Mir wird ganz anders, wenn ich an die Gegner denke. Bestimmt ein paar Altersheim-Mannschaften.«

Carlton lächelte. »Die müssen ja glauben, sie haben mit dir ein Stück vom Himmel.« Er hob den Ball über Jeremiahs Kopf. »Mister-Zweiundzwanzig-Punkte pro Spiel.«

»Und das an einem schlechten Tag«, fügte Jeremiah hinzu.

»Jetzt übertreib mal nicht, Miah. Ich kann mich auch an ein paar Spiele ohne Punkte erinnern – null, Sense, gar nichts –, Null-Punkt-Spiele.« Er lachte. Wenn er lachte, blitzten seine Augen so auf, dass sein ganzes Gesicht zu strahlen schien.

Jeremiah lächelte.

»Da bin ich wohl nicht fit gewesen.«

»Dein Spiel war nicht fit, dir ging es bestens.«

Eine Weile gingen sie wortlos nebeneinanderher. Jeremiah sah zu, wie Carlton den Ball auf seinem Finger kreiseln ließ. Carlton war ein Jahr älter als er und ein guter Angreifer im Team der Tech. Der Trainer sagte, Carlton sei einer der besten Spieler, die die Schule je gehabt hatte.

»Hast du nicht Lust, die Chefsteward-Klamotten abzulegen und ein bisschen zu spielen?« Carlton warf den Ball an eine Hauswand, sprang hoch und fing ihn auf. Er begann, den Song von Bob Marley zu singen, in dem ein Typ aus Afrika nach Amerika verkauft wird, um gegen Afrika zu kämpfen.

»Ach, so ist das?« Jeremiah lachte. »Ich werd in meine alte Heimat verfrachtet um zu kämpfen?«

Carlton warf ihm den Ball zu. »Jawoll!«

Sie standen vor dem Treppenaufgang zum Haus seiner Mutter. Jeremiah sah zu den Fenstern seines Vaters hinüber. Er wusste, dass er heute bei ihm übernachten musste. Eine Woche war er nicht dort gewesen. Er seufzte und setzte sich auf die unterste Stufe. »Also, sag mal, was ist die Heimat des Feindes und was meine eigene?«

Carlton hörte auf zu dribbeln und fuhr sich mit der Hand durchs Haar. »Hängt dein Vater immer noch bei Lois Ann rum?«

Jeremiah nickte. »Ja, und Mama ist immer noch stocksauer über die ganze Geschichte.« Er ließ den Rucksack vom Rücken gleiten und starrte in den Himmel hoch. Es war ein schöner Tag, warm und golden. Die Blätter hatten sich bereits verfärbt und die Bäume am Straßenrand tauchten alles in angenehmen Schatten. Er liebte den Oktober. Das war schon immer so gewesen. Der Oktober hatte so etwas Trauriges und Schönes – es ging etwas zu Ende und etwas Neues fing an.

»Das ist hart, Miah.« Carlton setzte sich neben ihn.

»Weißt du, sie sind nicht besonders gut miteinander ausgekommen. Vor den Kameras, da gings natürlich, aber nicht privat. Nicht mal vor mir. Sie haben oft tagelang nicht miteinander gesprochen und die Stimmung war ganz angespannt und aufgeheizt ...« Jeremiah starrte auf seine Hände hinunter. »Manchmal hatte ich gar keine Lust heimzugehen ... Und trotzdem war da noch was, es verband sie noch etwas. Das Verhältnis war zerrüttet, aber es war doch noch eins.«

»Ja, ich weiß, was du meinst«, sagte Carlton. »Aber wenn meine Eltern streiten, dann sag ich immer: ›Trennt euch endlich und wir alle haben Ruhe.‹«

»Und warum tun sie's nicht?«

Carlton zuckte die Schultern. »Wahrscheinlich, weil sie wissen, dass es sonst keinen gibt auf der Welt, der mit ihnen zusammenleben würde. Nicht mal meine Schwester – die ist nach der Abschlussprüfung nach England abgehauen, um dort zu studieren. Ich hätte gute Lust zu sagen: ›Merkt ihr nicht, dass was nicht stimmt, wenn eure einzige Tochter bis nach England reist, um euch los zu sein?‹«

Sie lachten. Gegenüber saßen zwei kleine Mädchen auf den Stufen und spielten Schnippschnapp. Etwas weiter unten spielte jemand eine Melodie von Stevie Wonder auf dem Klavier. Die Musik wehte sanft an ihnen vorbei.

»Ich hau vielleicht nach Simbabwe ab oder so. Zwei Jahre noch und ich bin achtzehn und mit der Schule fertig und weg von hier.«

Jeremiah nickte. »Simbabwe, echt?«

»Genau. Mein Vater kann Hitze nicht ausstehen. Und Mama ist krank geworden letztes Mal in Afrika. Dahin kommen sie mir nicht nach.«

Jeremiah schüttelte lächelnd den Kopf. »Du bist doch verrückt, Mann.«

»Ja, vielleicht verrückt – aber wenigstens weit weg.«

Er fing leise zu singen an – ein Lied, das davon handelte, auf der anderen Seite des Meeres zu sein. Es war ein schönes Lied, traurig und verhalten. Jeremiah lehnte den Kopf ans Treppengeländer und hörte zu. Carlton hatte eine gute Stimme. Sein Vater war Musiker und manchmal schlenderte Jeremiah abends an Carltons Haus vorbei und hörte, wie Vater und Sohn zusammen musizierten. Dann zog sich jedes Mal sein Herz zusammen und sein Vater fehlte ihm so sehr, dass es wehtat.

»Carlton ...«, begann er leise.

Carlton hörte auf zu singen und fuhr sich mit dem Handrücken über die Augen. Er schwieg einen Moment und Jeremiah sah rasch verlegen zur Seite. Hatte Carlton geweint?

»Hey«, sagte Carlton nach einer Weile, »was ist?«

»Wie ist das eigentlich – mit einer weißen Mutter und einem schwarzen Vater?«

»Du hast doch auch einen schwarzen Vater.«

»Klar. Aber der andere Teil – wie ist das?«

Carlton starrte achselzuckend vor sich hin. »Weiß nicht.

Ich kenns ja nicht anders. Mein Vater ist in Ordnung. Meine Mutter auch. Es ist schon manchmal komisch, weißt du, wenn wir an die Westküste fahren und ihre Verwandten besuchen. Sie sind so … so steif verglichen mit uns. Ganz anders als meine Mutter. Du kennst sie ja – sie ist cool. Ich hab nicht das Gefühl, dass die anderen zur Familie gehören, hatte ich noch nie, obwohl wir verwandt sind … Und manchmal glotzen die Leute, wenn sie mich mit meiner Mutter und meinem Vater sehen, als würden sie irgendwie versuchen das Ganze zu verstehen. Schwarze und Weiße zusammen. Und manchmal schauen sie uns an, als wollten sie sagen: ›Ach so, eine Mischehe.‹ Verstehst du? Ich glaube, Colette ist nach England gegangen, um davon wegzukommen.«

Jeremiah nickte. Er hatte für Carltons Schwester geschwärmt. Als sie noch jünger waren, hatte er sie geneckt, nur damit sie lächelte. Manchmal hatte sie ihn gekitzelt, bis er fast nicht mehr konnte. Und dann quietschte er und bat sie aufzuhören und hoffte doch gleichzeitig, dass sie weitermachte. Colette gab ihm immer einen leichten Klaps auf den Kopf, ehe sie ihn in Ruhe ließ. Jeremiah berührte jetzt die Stelle an seinem Kopf. Das war schon zwei Jahre her, aber jedes Mal, wenn er daran dachte, spürte er noch ihre Berührung.

»Ich besuch sie nächsten Sommer«, sagte Carlton. »Sie fehlt mir. Also, manchmal war sie ja ätzend, aber wenn du nur eine Schwester hast, dann ist es dir egal, dass sie manchmal ätzend ist …«

Er schwieg.

»Dazu kann ich nichts sagen.«

»Mann, es ist doch irgendwie verrückt, oder? Du als einziges Kind in dem riesigen Haus. Deine Eltern könnten es mit vier oder fünf Kindern gefüllt haben und es wäre immer noch genug Platz für 'ne große Party gewesen.«

»So ungefähr. He, Carl – ich muss mit dir über was reden.«

Carlton sah ihn wortlos an.

»Ich hab da so ein Mädchen kennen gelernt in der Schule – ein weißes Mädchen.«

»Ja – und …?«

»Ich weiß nicht. Ich hab einfach nie wirklich darüber nachgedacht – mit einem weißen Mädchen zu gehen.«

Carlton lächelte. »Wieso bildest du dir ein, dass sie mit dir gehen könnte?«

»Ich weiß nicht.« Er sah zum Fenster seines Vaters hoch. »Manchmal kommt es mir so vor, als ob ich von nichts eine Ahnung hab, von gar nichts.«

»Mir auch.«

»Weißt du, ich und das Mädchen da, Ellie heißt sie – wir haben bisher eigentlich kaum miteinander gesprochen. Aber es ist eigenartig …« Er sah Carlton an. »Es ist, als ob ich sie kenne – als ob ich in sie hineinsehen und ihre Gedanken lesen kann. Ich weiß, dass es verrückt klingt …«

»Es klingt, als ob du dich verliebt hast, Mann.«

Jeremiah verzog das Gesicht. »Quatsch. Ich kenn sie ja nicht mal.« Aber er musste an den ersten Tag denken, als sie sich gleichzeitig gebückt hatten um ihre Bücher aufzuheben. Ihm war ganz kalt geworden an dem Tag – kalt und warm zugleich. »Ich weiß nicht mal ihren Nachnamen.« Er sah einen Augenblick nachdenklich vor sich hin. »Aber heute hab ich in einer Stunde neben ihr gesessen – und ich weiß nicht – ich hab das Gefühl gehabt, dass wir … dass wir irgendwie zusammengehören. Ach, Mist.«

Carlton stand auf und nahm den Ball unter den Arm. »Klingt nach Liebe, Mann.«

»Aber sie ist doch weiß!«

Carlton zog die Augenbrauen hoch. »Hallo, Miah. Mit wem redest du denn, Mann! Es kommt vor. Verstehst du? Das ist nicht das Schlechteste der Welt.«

9

DIE WOHNUNG WAR LEER UND STILL. Ich stand am Fuß der Treppe und blickte auf die goldgelben Sonnenstrahlen, die durchs Wohnzimmerfenster fielen. Dabei hörte ich den Anrufbeantworter ab. Mein Vater hatte sich aus der Klinik gemeldet. Marc hatte angerufen und die Zwillinge ebenfalls. Und meine Schwester Susan, die in Santa Cruz als Therapeutin arbeitet. Sie war für mich eher eine Tante als eine Schwester – viel älter und so distanziert, wie Erwachsene manchmal sein können. Ich drückte die Speichertaste, setzte mich auf die unterste Treppenstufe und lehnte den Kopf ans Geländer.

Anne war anders. Obwohl zehn Jahre älter als ich, alberte sie gern herum. Diese Anne fehlte mir – die Anne, die so lachen konnte, dass ihr das, was sie gerade trank, aus der Nase sprühte. Die Anne, die mich mitgenommen hatte nach Staten Island, als ich zehn war, und als Überraschung einen ganzen Karton Hotdogs kaufte, mit Zwiebeln und Sauerkraut und Senf, wie ich es so gern mochte.

Ich schloss die Augen und dachte daran zurück, wie Anne und ich auf der Fähre saßen und Hotdogs verschlangen, während die City hinter uns immer kleiner wurde.

Wo war Anne wohl gerade? Marion hatte ein paar Mal mit ihr telefoniert, aber sie hatte kein einziges Mal nach mir gefragt, wie sie es sonst immer tat. Ich presste die Stirn an das Geländer. Was hatte ich denn Schlimmes gemacht?

Ich hörte Marions Schlüssel in der Wohnungstür und stand auf. Sie sollte mich nicht so dasitzen sehen.

»Marion …?«, rief ich und ging zur Küche.

Mein Vater stand am Kühlschrank und holte Aufschnitt und Mayonnaise heraus.

»Nein – nicht Marion, sondern Edward – Dad für dich. Warum musst du deine Mutter so quälen, Ellie?«, fragte er augenzwinkernd. Seine Augen waren graublau, wie die von Anne und Ruben.

Ich küsste ihn auf die Wange. »Darum. Weil du mich Ellie nennst und sie Elisha sagt.«

Er schnitt ein paar Scheiben von einem Brot, das Marion kürzlich gebacken hatte, und belegte es dick mit Putenschinken.

»Ich hab dich Ewigkeiten nicht gesehen.«

Mein Vater nickte. Er wirkte müde und dünn in seinem blauen Hemd und der Khakihose. Aus seiner Tasche hing ein Stethoskop. Er hatte das gleiche Haar wie ich, nur dass seine Locken inzwischen grau waren und dünner wurden.

»Notaufnahme diese Woche. Die ganze Woche lang. Würde mich nicht wundern, wenn sie bald mich auf die Trage legen müssen.«

»Du solltest nicht so viel arbeiten, Daddy.« Ich schenkte ihm ein Glas Saft ein und stellte es auf den Tisch. Dann legte ich sein Sandwich auf einen Teller. »Du hast mir gefehlt am Sonntag.«

Die Sonntagnachmittage verbrachten wir sonst immer zusammen mit dem Lesen der *Sunday Times*. Mitten in einem Artikel runzelte mein Vater dann plötzlich die Stirn und zeigte mit dem Finger auf einen Abschnitt. »Hör dir mal an, was da wieder Verrücktes passiert ist, Ellie.« Dann las er langsam vor, wobei er die Stellen, die er für so ungeheuerlich hielt, besonders betonte. Und ich lehnte mich an die Wand mit dem Kamin – ich saß an diesen Nachmittagen immer im Schneidersitz auf dem Boden –, schloss die Augen und hörte konzentriert zu.

»Am Sonntagnachmittag«, sagte mein Vater lächelnd, »ist einer der Assistenzärzte reingekommen und hatte die *Times* dabei, und ich dachte – ich les sie nicht, bis ich sie zusammen mit meiner Ellie lesen kann.«

»Du hast nicht mal einen Blick reingeworfen?«

Er schüttelte feierlich den Kopf. »Hab nicht mal die Buchbesprechungen angesehen. Aber nächsten Sonntag – wie in alten Zeiten.« Er lachte, setzte sich mir gegenüber an den Tisch und biss in sein Brot.

Ich sah ihn mit aufgestütztem Kopf an. Ich kann mich kaum erinnern, wann das *Times*-Ritual mit meinem Vater angefangen hat. Als ich klein war, das weiß ich noch, da saß ich auf dem Boden und er las vor. Marion hatte natürlich was daran auszusetzen. Jeden Sonntag, wenn sie sich ans Kochen machte, unterbrach sie unser trautes Beisammensein mit bissigen Bemerkungen. *Elisha sollte rausgehen und mit gleichaltrigen Freunden spielen. Geht in ein Museum. Geht ins Kino. Sitzt nicht auf eurem Hintern herum. Du wirst ja ein alter Mann.* Mein Vater zwinkerte mir dann zu. *Was ist so schlimm daran, ein alter Mann zu werden?*, rief er Marion zu, die unwillige Laute von sich gab und *Sei nicht albern* sagte.

Jetzt nahm er die Brille ab, rieb sich die Augen und lächelte.

Ich stand auf, schenkte mir ein Glas Orangensaft ein und setzte mich wieder zu ihm.

»Und – erzähl mal von dem Jungen, den du auf Percy kennen gelernt hast, wie Marion sagt.«

Ich verzog das Gesicht und sagte nichts.

»Komm schon – reg dich nicht auf, Ellie. Deine Mutter hat nur so beiläufig erwähnt – dass du jemanden kennen gelernt hast, den du gut findest. Anne hat es ihr erzählt.«

»Was hat Anne sonst noch gesagt?«

»Nichts«, sagte mein Vater achselzuckend. »Dass wir dich fragen sollten. Was meinst du denn?«

»Nichts. Es gibt keinen Jungen, Daddy. Nur so ein Typ, der – ach, nichts.« Wo sollte ich denn auch anfangen? Genau dort, wo ich bei der blöden Anne angefangen hatte?

»Und lernen wir ihn mal kennen, diesen Nichts?«

Mein Vater lächelte, aber mir war nicht danach, zurückzulächeln.

Ich stibitzte mir ein Stück Putenschinken von seinem Brot.

»Er heißt Jeremiah«, sagte ich langsam. »Wie weiter, weiß ich nicht mehr. Rosedale oder so. Am ersten Schultag hab ich meine Bücher fallen lassen und er hat mir geholfen sie aufzuheben, und dann war nichts mehr. Jetzt ist er bei mir im Geschichtskurs.«

»Ist er nett?«

Ich zuckte die Achseln. »Wir haben noch nicht viel miteinander geredet, aber ich glaube, dass er nett ist. Mr. Hazelton will übrigens, dass wir alle siebenundzwanzig Zusatzartikel bis Freitag lernen. Jeremiah sagt, dass er sie schon alle kann. In der richtigen Reihenfolge.«

Mein Vater pfiff beeindruckt. »Weißt du, was seine Eltern sind?«

Ich nahm einen Schluck Orangensaft. »Ist mir egal.«

Er lächelte. »Recht so.« Er aß sein Brot auf und schob den Teller von sich. »Also, er scheint ja ganz nett zu sein. Und wenn er intelligent ist, dann sehe ich keinen Grund, warum ihr nicht miteinander befreundet sein solltet.«

»Ich wusste nicht, dass ihr nach Gründen sucht, Marion und du.« Ich merkte, wie ich wieder sauer wurde.

»Keine Gründe – eher Ausreden. Wir wollen nicht, dass unsere Kleine das Nest schon verlässt. Wir kommen uns dann alt vor.« Er stand auf und strich mir über die Wange. »Es führt uns vor Augen, dass die Wohnung hier eines Tages leer sein wird – keine Kinder, nur zwei Altchen, die herumtapern und sich Fotos anschauen.«

»Also, bis auf weiteres gehe ich ja noch nicht, Daddy. Drei Jahre müsst ihr mich noch aushalten.«

»Drei Jahre sind nicht lang, Ellie. Warts nur ab.«

Ich saß noch lange am Küchentisch, nachdem mein Vater nach oben gegangen war um ein Schläfchen zu machen. Irgendwas an seinen Worten bedrückte mich. Klar, ich würde auch gehen, genau wie meine Geschwister. Aber das war noch so weit weg. Jeder Tag kroch langsam dahin bis zum nächsten und manchmal konnte ich nachts vor Aufregung nicht schlafen, weil ich so gespannt war auf den nächsten Tag – und auf die Möglichkeit Jeremiah zu sehen.

Vielleicht fühlte sich Liebe so an. Ich drehte das leere Saftglas immer wieder in der Hand. Hatte ich gelogen, weil ich Daddy nicht gesagt hatte, dass Jeremiah schwarz war? Warum war es von Bedeutung? Warum war irgendwas von Bedeutung?

Draußen ging die Sonne hinter dem Central Park unter. Ich drückte die Hand auf die Lippen. Wie es wohl war, Jeremiah zu küssen? Wie viele Fragen würde ich mir wie lange noch stellen?

10

IM SCHEIN DER SPÄTEN NACHmittagssonne stand Jeremiah im Zimmer seiner Mutter. Er ließ die Hände über ihre Kommode gleiten und berührte vorsichtig die Kosmetikfläschchen und die Fotos in den Silberrahmen – er selbst, wie er als Zweijähriger in Windeln und Hemdchen auf sie zeigte und in den Fotoapparat lächelte, sie beide beim Spaziergang irgendwo im Park – da war er vielleicht fünf. Und weiter hinten auf der Kommode, in einem winzigen Rahmen, ein Bild von ihr im Brautkleid, mit einem Strauß weißer Rosen. Jeremiah nahm es auf und starrte es an. Seine Mutter lächelte und sah nicht in die Kamera. Vielleicht sah sie seinen Vater an. Seinen Vater. Jeremiah biss sich auf die Lippe. Wo er jetzt wohl war? Irgendwo mit Lois Ann. Einmal war er den beiden in Manhattan begegnet – seinem Vater und Lois Ann, wie sie gemächlich die Spring Street entlanggingen. Sein Vater hatte den Arm um Lois Anns Schultern gelegt. Und einen Moment lang hatte Jeremiah beim Näherkommen gedacht, Lois Ann sei seine Mutter und hatte gelächelt. Und sein Vater hatte zurückgelächelt, vorsichtig, verhalten, als könne er nicht glauben, was er sah – dass sein Sohn ihm lächelnd entgegenkam.

Wie lange war es schon her, dass Jeremiah in Gegenwart der beiden gelächelt hatte? Bestimmt Monate. Damals hatte er gelächelt, beim ersten Mal, vor Jahren, als er noch nichts wusste, ehe das Verhältnis seines Vaters herausgekommen war. Er war nach Hause gekommen und hatte seinen Vater und Lois Ann auf der Treppe sitzend angetroffen und er hatte gelächelt. Gelächelt, weil es so selten vorkam, dass sein Vater zu Hause war, ganz entspannt, ein Glas Wein in der einen und eine Videokassette in der anderen Hand. »Ich hab auf dich gewartet«, hatte sein Vater gesagt. »Ich dachte, wir könnten den Film hier zusammen anschauen.« Und Jeremiah hatte noch mehr gelächelt – denn er war damals erst zwölf oder dreizehn und wusste noch nicht, wie gemein Menschen – seine Eltern – zueinander sein konnten. Genau – er war zwölf oder dreizehn und er wusste nicht, dass Lois Ann und sein Vater etwas miteinander hatten, ziemlich heftig sogar, und dass seine Familie schließlich daran zerbrechen würde.

Jeremiah sah das Bild an. Er spürte, wie ihm die Tränen kamen, ein dicker Kloß steckte in seinem Hals. Das lag an diesem Bild von seiner Mutter im Brautkleid und am Oktober und an der trägen Nachmittagssonne, die durchs

Fenster strömte. Es hatte was mit Ellie und der Percy-Schule zu tun, mit der Tatsache, dass er sich vielleicht ein bisschen in ein weißes Mädchen verliebt hatte, das er kaum kannte. In diesem Augenblick, im Zimmer seiner Mutter und angesichts ihres Fotos, hatte es vor allem mit ihnen zu tun, mit seinen Eltern.

Sie hatten im Prospect Park geheiratet – im Bootshaus – an einem erstaunlich blauen Oktobertag. Morgen würde es siebzehn Jahre her sein. Vor siebzehn Jahren hatten sie geglaubt, dass sie auf ewig zusammenbleiben würden. Und irgendwie waren siebzehn Jahre ja auch eine Ewigkeit. Elf Filme in siebzehn Jahren. Drei Romane – und vielleicht hätte seine Mutter noch mehr geschrieben, wenn sie nicht ihn bekommen hätte. Und vielleicht hatten sie deshalb nie an ein zweites Kind gedacht. Aber dass er ein Einzelkind war, spielte schon lange keine große Rolle mehr. Klar, manchmal wünschte er sich Geschwister, aber eigentlich ging es tiefer. Er wünschte sich mehr als nur Geschwister – eine tiefere Bindung. Jemanden, der ihn verstand, voll und ganz, die verrückten Sachen, die ihm in stürmischen Nächten durch den Kopf gingen, wenn er mit Tränen in den Augen aufwachte und die Decke fest um sich zog. Jemand, der verstand, wie allein er sich meistens fühlte – selbst wenn seine Kumpel um ihn waren. Seine Einsamkeit, die aus dem tiefsten Inneren kam und die ihn nie verließ.

Er setzte das Bild vorsichtig auf die Kommode zurück und schloss die Augen. Ellie tauchte vor ihm auf und lächelte ihm zu. Was würde aus ihnen beiden werden? Heute hatte er bemerkt, wie sie ihn während der Stunde musterte, mit einem winzigen Lächeln um die Lippen. Jeremiah hatte zurückgestarrt ohne zu lächeln. Er konnte nicht lächeln. Irgendetwas erschreckte ihn an seinen Gefühlen, er fühlte sich benommen und außer Kontrolle geraten. Das Klassenzimmer schien sich aufzulösen und einen Augenblick lang war es, als ob sie beide allein auf der Welt wären. Dann sagte Mr. Hazelton etwas und das Klassenzimmer tauchte wieder auf. Jeremiah hatte sich wieder seinem Buch zugewandt. Als Mr. Hazelton ihn aufrief, stotterte er irgendetwas zusammen, das dem Lehrer anscheinend reichte. Aber Jeremiah war nicht mehr im Zimmer. Er war ganz weit weg. Bei Ellie.

Ich werde dich bald küssen, schoss es ihm durch den Kopf. *Ich weiß nicht, wann oder wo oder wie, aber ich werde dich bald küssen.*

Und später, als er seine Sportsachen anzog, dachte er wieder an sie und stellte sich vor, wie sie beide irgendwo zusammen waren. Irgendwo.

Er musste mit jemandem reden. Jemand, der ihn gut genug kannte, um ihm über den Kopf zu streichen und zu sagen: »Alles wird gut.« In seiner Brust brannte es wie Feuer. Heiß und einengend und fremdartig.

Jeremiah fühlte, wie sich die Leere des Hauses über ihn senkte. Wo war seine Mutter? Wo waren all die Leute geblieben, die früher die Räume bevölkert hatten?

»Daddy …«, flüsterte er. »Mama …«

Es schien durchs Haus zu hallen. Jeremiah setzte sich auf die Bettkante, zog die Knie ans Kinn und schlang die Arme darum.

Und während das Licht des Spätnachmittags dunkle Schatten auf alles warf, legte er den Kopf auf die Knie. Und weinte.

11 »JEREMIAH.«

Ich war durch die Schule gelaufen, als ich ihn plötzlich entdeckte. Er war allein und presste die Stirn an eine Fensterscheibe.

»Hey, Ellie«, sagte er und wandte sich von dem Fenster ab. »Das ist komisch. Ich hab gerade … an dich gedacht.«

Ich wurde verlegen und blickte auf den Boden. »Was hast du gedacht?«

»Ich weiß nicht. Du bist mir durch den Kopf gegangen – einfach so durchgeweht.«

Er hatte an mich gedacht. Ich war ihm durch den Kopf geweht. Den ganzen Morgen über hatte ich mir diesen Augenblick vorgestellt – dass ich irgendwo in den Gängen auf Jeremiah treffen könnte. Aber ich hatte nicht wirklich daran geglaubt, dass ich um eine Ecke biegen würde und ihn stehen sah, den Kopf an ein Fenster gelehnt, mit Locken, die sanft auf seine Schultern herabfielen, und in Gedanken bei mir. Niemand hatte jemals einfach so an mich gedacht. Ein seltsames Gefühl – auf gute Art seltsam –, dass jemand so an mich dachte. Jeremiah.

»Die Leute sagen Miah zu mir.« Er hatte ein wundervolles Lächeln.

Der Korridor war leer, still und dämmrig. In der Ferne war ein Lehrer zu hören. Seine Stimme war gedämpft, als ob sie hinter einer geschlossenen Tür hervorkam. Es hatte längst zum zweiten Mal geläutet.

»Miah. Das gefällt mir. Wie heißt du weiter?«

Wir flüsterten jetzt. Trotzdem, in dem leeren Korridor kamen mir unsere Worte sehr laut vor.

Miah drehte sich wieder zum Fenster. Nach einer Weile sagte er: »Roselind«, so leise, dass ich es kaum verstehen konnte.

»Jeremiah Roselind. Klingt gut. Wirklich schön.«

»Es ist nichts als ein Name«, sagte er achselzuckend. »Wie ist dein Nachname?«

»Eisen. Elisha Sidney Eisen. Meine Eltern waren begeistert von Australien und fanden es wohl witzig, mich nach einer Stadt zu nennen.«

Miah lächelte. »Elisha. Ellie. Gefällt mir beides.«

»Ich mag Ellie lieber.«

»Dann mag ich Ellie auch lieber. Hast du gerade eine Freistunde, Ellie?«

Ich schüttelte den Kopf. »Mathe. Aber ich geh nicht hin. Und du?«

»Englisch. Ich kenn den Stoff schon. Sie lesen den *Fänger im Roggen*. Hab ich schon dreimal gelesen. Ich geh wieder hin, wenn die anderen mich eingeholt haben.«

Wir sahen uns an. Mein Herz pochte wild unter der Percy-Bluse. Ich verschränkte die Arme in der Hoffnung, das Klopfen zu verbergen. Womöglich merkte er es und machte sich darüber lustig.

Jeremiah sah wieder aus dem Fenster. »Hast du manchmal Angst, Ellie?«

Ich zögerte verwirrt. »Ja.« So sollte es nicht ablaufen – so direkt, so intim. Als ob er mich durchschauen könnte.

»Jetzt gerade auch?«

»Ja.«

Er wandte sich mir wieder zu. »Ich habs sehen können. An deinem Blick. Wie sehr du Angst hast. Du hast Augen, die nichts verbergen können.«

Ich spürte, wie ich rot wurde.

»Früher hat man mir immer gesagt, ich hätte auch solche Augen«, fuhr er leise fort. »Aber ich hab gelernt sie zu beherrschen. Alles zu verbergen.«

»Findest du das besser?«

Ein langer dünner Junge kam um die Ecke und sah uns im Vorbeigehen an. Miah starrte zurück. Der Junge winkte uns zu und ging weiter.

»Ich weiß nicht, was besser ist«, sagte Miah. »Was geschehen soll, das geschieht. Verstehst du, das Gefühl bleibt ja, selbst wenn du es versteckst. Hast du Lust auf einen Spaziergang? Ein bisschen hier rauskommen?«

»Was kriegt man für Schwänzen?«, fragte ich, obwohl ich schon wusste, dass ich ihm folgen würde – egal wohin. Anne sagte mal, wenn man verliebt sei, habe man das Gefühl, als würde der andere einen in sich hineinziehen. So fühlte ich mich jetzt, als ob Miah mich langsam in sich hineinzog – mit den Augen, mit seiner Stimme, mit seiner Art zu reden.

Miah lächelte. »Keine Ahnung. Hab noch nie geschwänzt.«

»Ich auch nicht«, sagte ich erleichtert. Ich hatte befürchtet, dass er regelmäßig schwänzte und dass ich ihn dann vielleicht weniger gern haben könnte. Ich wollte ihn nicht weniger gern haben.

Er setzte seinen Rucksack auf. »Wohnst du in Manhattan?«

Ich nickte und zog einen der dämlichen Kniestrümpfe hoch, die Mädchen auf Percy tragen müssen.

»Dann folge ich dir wohl am besten.«

Es hatte den ganzen Morgen geregnet. Jetzt schien wieder die Sonne, warm und hell. Miah zog sich den Blazer aus und stopfte ihn über dem Rucksack fest, so dass er hinten herunterhing. Wir überquerten die Fifth Avenue und wandten uns dem Central Park zu.

Zwei alte Frauen, die sich eingehakt hatten, sahen uns an. Jeremiah machte eine Grimasse und starrte zurück.

»Alles in Ordnung?«, fragte mich eine der Frauen. Ich nickte.

»Alte Schachteln«, murmelte Jeremiah vor sich hin. Er lief schneller. »Das haben sie gefragt, weil du mit mir gehst, weißt du.« Er warf mir einen Blick zu. Er sah verletzt und gleichzeitig wütend aus. »Wenn ein weißer Junge bei dir wäre, hätten sie wahrscheinlich einfach gelächelt und wären weitergegangen.«

Ich rückte dichter an ihn heran. »Das sind eben zwei behütete Damen, die nichts kennen als ihren feinen Stadtteil«, sagte ich. »Und sie sind alt.«

»Ja.« Ich merkte, dass Miah nicht überzeugt war.

»Ist doch unwichtig. Zwei blöde alte Frauen.«

Jeremiah sah mich kurz an, dann wandte er den Blick ab. Sein Kiefermuskel spannte sich unter der Haut. Er wusste, was ich wusste. Dass es mehr war als zwei blöde alte Frauen. Und dass ich versuchte, eine Bagatelle daraus zu machen, um es weniger peinlich erscheinen zu lassen. Für die beiden Frauen. Für uns.

Eine Weile gingen wir schweigend weiter. Plötzlich wurde mir heiß und ich hatte ein beklemmendes Gefühl. Beklemmend weiß. Weiß und beklemmend. Warum hatte ich nichts zu den blöden Weibern gesagt? *Ja, alles in Ord-*

nung, hätte ich sagen und vielleicht ganz mutig Miahs Hand nehmen sollen.

»Wenn mein Vater wüsste, dass ich schwänze, würde er an die Decke gehen«, sagte Miah. »Er würde sagen, dass die Schule viel zu teuer ist, um auch nur eine halbe Unterrichtsstunde zu versäumen.«

»Fällt es deinen Eltern schwer?«, fragte ich. Meine Stimme klang zögernd und unsicher. Wir gingen einen Kopfsteinpflasterweg entlang und ich versuchte, den Gedanken an die alten Frauen abzuschütteln. Doch ich sah sie mit ihren verkniffenen Blicken noch immer vor mir.

Miah warf mir einen Blick zu, dann schaute er weg und schüttelte den Kopf. »Mein Vater zahlt. Er sagt nicht viel, solange er weiß, dass ich jeden Tag hingehe. Fragt nur mal, wie es so geht, bla, bla, bla. Sie haben sich getrennt – meine Eltern.«

»Schlimm. Ich meine, es ist doch schlimm, oder?«

»Ach, ich weiß nicht«, sagte er achselzuckend. »Sind deine Eltern noch zusammen?«

Ich nickte verlegen. Auf der Jefferson Highschool waren diejenigen, deren Eltern noch nicht geschieden waren, in der Minderheit. »Sie bleiben auch zusammen. Keiner von beiden würde einen anderen Partner finden.«

»Ach so – die Kiste.«

»Genau.«

»Klingt ja cool.«

»Hm. Also – mein Vater – mein Vater ist super. Magst du deinen Vater?«

Er verzog das Gesicht. »Manchmal.«

»Hier ist es gut.« Ich blieb an einer großen Rasenfläche unter einem Ahornbaum stehen. Die Luft um uns schien plötzlich zum Schneiden, heiß und stickig. Ich sah Miah an und er hatte immer noch die Stirn gerunzelt.

»Klar«, sagte er. »Cool hier. Willst du auf meinem Blazer sitzen?«

Ich schüttelte den Kopf und breitete meine eigene Jacke aus.

Miah setzte sich neben mich, so dicht, dass ich die winzigen Härchen auf seiner Oberlippe sehen konnte. Sie waren ganz schwarz, wie sein Haar, und fein. Es war ein ungewohntes Gefühl, dass er so nah bei mir saß. Ungewohnt, aber angenehm.

Er machte den Reißverschluss seines Rucksacks auf, kramte darin und zog einen Riegel Snickers heraus. Er kramte noch mal und holte ein Schweizermesser hervor, schnitt den Riegel in zwei Hälften, reichte mir eine und steckte das Messer wieder in den Rucksack.

»Danke, Miah«, sagte ich ehrlich erfreut. Ich streifte das Papier ab und biss ein Eckchen ab. Die Schokolade fing schon an zu schmelzen. Sie schmeckte süß und warm.

»Das Messer hat mir mein Vater geschenkt. Mit den Worten, wir würden bald mal zelten gehen. Das ist ungefähr vier Jahre her und bisher waren wir noch nicht zelten. Aber ich hab das Messer immer dabei.« Er sah mich lächelnd an. »Man kann nie wissen, ob er nicht plötzlich auftaucht und sagt: ›Hey, Miah, komm, wir machen die Camping-Tour, die wir schon lange vorhatten.‹«

»Glaubst du, dass er das tut?«

Miah schüttelte den Kopf. »Nein. Bin zu alt dafür. Und es ist auch alles anders, seit er es mir geschenkt hat. Ich trags halt einfach so mit mir rum.«

»Voller Hoffnung.«

»Genau«, sagte er. »Voller Hoffnung.«

»Als ich klein war …«, begann ich langsam. Meine Stimme zitterte. »… hat Marion uns zweimal verlassen. Wir sind aufgewacht und sie war weg.« Es kam mir komisch vor mit Miah darüber zu reden, dass sie uns verlassen hatte.

»Wer ist Marion?«

»Meine Mutter.« Ich strich mir das Haar aus dem Gesicht und lächelte. »So nenn ich sie. Sie kann es nicht leiden, aber da sie mich nicht Ellie nennt, sag ich Marion zu ihr.«

Miah nickte und sah mich unverwandt an. Wenn er zuhörte, wirkte er älter, so erwachsen und ernsthaft.

»Ich hab nicht geglaubt, dass sie jemals zurückkommen würde.«

»Und, ist sie?«

»Ja. Beide Male. Aber beim zweiten Mal war es irgendwie anders. Ich war inzwischen das einzige Kind zu Hause und ich war misstrauisch – auf der Hut. Nach zwei Monaten wurde alles wieder normal. Aber es war doch nicht ganz dasselbe. Sie hatte mir gezeigt, dass man verlassen werden kann. Und darüber hatte ich mir vorher nie Gedanken gemacht.«

Langsam aß ich meine Snickers-Hälfte und dachte an den Tag, an dem Marion zurückgekommen war. Es hatte geschneit an jenem Morgen, dicken, nassen Schnee. Mein Vater half mir in Mantel und Mütze und eine Nachbarin holte mich in den Park ab. Wir bauten einen Schneemann. Es war mein erster Schneemann überhaupt. Als ich nach Hause kam und hoffte, mein Vater würde mir eine Tasse heiße Schokolade machen, saß sie da. Am Küchentisch. Mit gefalteten Händen wie ein Schulmädchen. Ich starrte sie eine ganze Weile an und wartete darauf, dass sie mich in den Arm nahm, dass sie heulte, dass sie sagen würde, wie sehr ich ihr gefehlt hatte. Aber als sie die Arme ausstreckte, war ich es, die zu heulen anfing.

»Wir haben natürlich nicht im Traum daran gedacht, dass sie abhauen könnte«, sagte ich. »Und als sie dann wieder da war, konnte ich nicht glauben, dass sie bleiben würde.«

»Aber jetzt glaubst du es?«, fragte Miah.

»Ich glaube, inzwischen bedeutet es mir nicht mehr so

viel.« Ich faltete das leere Snickers-Papier ganz klein zusammen. »Ich hab es beim ersten Mal überstanden. Das gibt mir die Gewissheit, dass ich es wieder überstehen kann. Aber ein Teil von mir glaubt nicht mehr, dass überhaupt jemand für immer bleibt. Egal wo.«

»Warum sie wohl zurückgekommen ist?«, überlegte Miah.

Ich schaute blinzelnd in die Baumkrone. Es sah schön aus, wie das Grün im Sonnenlicht verschwamm. Ich fühlte mich irgendwie leichter. »Ich hab sie gefragt. Sie hat gesagt, weil sie nichts kennt und nichts hat außer uns. Kneif mal die Augen zusammen, Miah, und schau hoch in die Blätter.«

Miah schaute blinzelnd nach oben, dann lächelte er. »Als ob ich mich drehe wie ein Kreisel«, sagte er leise. »Oder als ob sich die ganze Welt um mich herum dreht und ich mich als einziger nicht bewege.«

Ich spürte, wie sich seine Hand über meine legte, und musste schlucken. Sie fühlte sich warm und weich und gut an.

Ich schloss die Augen und wünschte mir, dass der Augenblick nie vergehen würde, mit der Sonne auf meinem Gesicht und Miahs Hand über meiner.

»Ich muss an ein Gedicht denken«, sagte er, »das mir meine Mutter immer vorgelesen hat. *Wenn du kommst so leise / wie Blätter rascheln im Wind, / dann hörst du, was ich höre, / weißt, wo der Schmerz beginnt. / Wenn du kommst so sanft / wie Tautropfen zu mir, / empfange ich dich mit Freude, / verlange nicht mehr von dir.* Als du mir eben die Geschichte mit Marion erzählt hast, musste ich daran denken. Wie Menschen und Ereignisse kommen und gehen.«

»Das ist ein schönes Gedicht.« Ich schloss die Augen. Vielleicht bewegten sich bestimmte Menschen ja unweigerlich aufeinander zu – von Geburt an. Vielleicht hatte sich Miah mir schon lange genähert, war auf diesen Moment im Central Park zugegangen, als wir im Gras saßen und uns bei den Händen hielten. War ganz leise gekommen.

»Wünschst du dir manchmal, wieder klein zu sein, Ellie? Dass es noch jemanden gibt, der dich ins Bett bringt und dir Geschichten oder Gedichte vorliest?«

Ich drehte meine Hand um und verschränkte die Finger mit seinen. Über uns raschelten die Blätter, Sonnenstrahlen strömten golden durch das Laub. Ich zögerte.

»Immer«, flüsterte ich.

»Ich auch. Darf ich dich küssen, Ellie?«

Ich nickte. Mein Magen hob und senkte sich, hob und senkte sich, bis Miahs Lippen auf meinen lagen, zart und warm wie seine Hand.

Dann wurde alles ganz still und vollkommen.

12 DAS LICHT BEI SEINEM VATER

brannte. Miah stieg langsam die Treppe hinauf und schloss die Haustür auf. Er wandte sich um und sah zum Fenster seiner Mutter hinüber. Dunkel. Ob sie wohl ausgegangen war oder allein im Dunkeln saß?

»Bist du das, Miah-Mann?«, rief sein Vater.

»Ja.«

»Komm ins Wohnzimmer und sag ein paar Freunden von mir guten Tag.«

Miah verzog das Gesicht. Er wollte keine Freunde sehen. Er wollte hinauf in sein Zimmer, auf dem Bett liegen und an Ellie denken. An die Zeit im Park. Wie sich ihre Lippen auf seinen eigenen angefühlt hatten. Anders. Genauso. Genau richtig. Und seine Hand auf ihrer – eine braune und eine weiße, ihre schlanken Finger, der Silberreif an ihrem Daumen, ihre Augen, wie sie ihn ansah, bis tief in sein Inneres zu dringen schien. Niemand hatte ihn je so angesehen, als wollte er oder sie alles, aber auch alles über ihn wissen. Als ob jedes seiner Worte bedeutend sei. Wirklich von Bedeutung.

»Miah …?«

»Komm gleich«, sagte er, zog den Blazer aus und lockerte die Krawatte. Er hörte Gelächter und Stimmen – das Lachen von Lois übertönte das Gelächter der anderen. So war es immer gewesen – das Haus voller Leute. Als seine Eltern noch zusammen waren, hatte es ihm gefallen. Aber als er jetzt auf das Zimmer zusteuerte, wurde ihm wieder einmal klar, wie selten er inzwischen länger als einen Augenblick mit seinem Vater allein war.

»Das ist mein Junge, von dem ich so viel erzähle.« Sein Vater grinste. Er saß in einem weich gepolsterten Sessel. Neben ihm stand ein Bier auf dem Tisch. Lois lehnte sich hinter ihm an den Sessel und hatte die Arme um seine Schultern geschlungen. Sie war hübsch mit ihren Locken und der hellen rötlichbraunen Haut. Nicht so hübsch wie seine Mutter, aber doch hübsch genug, dass man sich nach ihr umdrehte. Sein Vater sah heute Abend gut aus. Er lächelte und wirkte entspannt. Die langen Beine hatte er auf das Sofa gelegt.

Auf der Couch saßen zwei Paare, die aussahen, als säßen sie schon eine ganze Weile dort. Miah murmelte Begrüßungsworte, schüttelte jedem die Hand, wie er es seit seinem dritten Lebensjahr tat.

»Meine Güte, Norman, dein Junge ist ja bildschön«,

sagte eine der beiden Frauen, eine rundliche, ältere Frau mit kurzen Locken. »Wo hast du den adoptiert?«

Sie lachten. Miah lächelte, sagte aber nichts. Er wusste, dass er seinem Vater etwas ähnlich sah, seiner Mutter jedoch noch mehr. Sein Vater war groß und braun, er hatte pechschwarzes Haar, das sich schon etwas lichtete, und ein breites, offenes Lachen.

»Wie alt bist du? Fünfundzwanzig?«, fragte ihn die Frau.

»Fünfzehn«, sagte Miah grinsend. Es gefiel ihm, wenn ältere Frauen mit ihm flirteten.

»Ich kann warten«, sagte sie.

»Dann wart mal lieber, bis ich tot bin«, sagte der Mann neben ihr. »Niemand haut irgendwohin ab, bevor ich gehe.«

Sie lachten wieder.

»Setz dich doch, Miah«, sagte sein Vater. »Hol dir eine Cola oder so.«

»Ähm – ich muss noch Hausaufgaben machen.«

»Percy hält dich wohl auf Trab?«

Er nickte seinem Vater zu. »Sie versuchens wenigstens. Aber ich hab alles unter Kontrolle.«

»Hast du schon gegessen?«, fragte Lois Ann. »Ich kann dir ganz schnell was machen.«

»Danke. Ich hab nach dem Training ein Stück Pizza gegessen. Ich hab keinen Hunger.«

»Na, dann geh mal an die Arbeit«, sagte sein Vater. »Ich komm später rauf und sag dir gute Nacht.«

»Wirst du noch in den Schlaf gesungen?«, fragte die mollige Frau.

Miah lächelte, ging jedoch nicht darauf ein. »Hat mich gefreut, euch kennen zu lernen.«

»Also dann, bis du fünfundzwanzig bist«, sagte die Frau.

Als er oben allein in seinem Zimmer war, legte sich Jeremiah aufs Bett und starrte an die Decke. *Ich hab sie geküsst. Ich hab Ellie geküsst. Elisha Sidney Eisen.* Er wollte schreien, ans Fenster stürzen, es aufreißen und es in die Welt hinausschreien. *Mitten im Central Park, unter dem Laub, durch das die Sonne schien, und alles war, wie es sein sollte. Alles war perfekt.*

Draußen ging gerade die Sonne unter. Er wollte es jemandem erzählen. Nicht so, wie er und seine Kumpel sonst redeten, wenn sie prahlten, mit welchem Mädchen sie zusammen gewesen waren, und sich über alle Einzelheiten ausließen. Dabei schwindelten sie meistens und schlugen sich großspurig auf die Schultern. Nein. Nicht so. Er wollte sich zu jemandem hinüberneigen und flüsternd erzählen – wie fremd und zugleich vertraut alles gewesen war. Wie … *eindeutig* und klar. Genau, so würde er es beschreiben, wenn jemand da wäre. Wenn jemand zuhören würde.

Miah seufzte und drehte sich zum Fenster hin. Er hörte seinen Vater und Lois Ann mit ihren Freunden lachen. Draußen sangen Mädchen Abzählreime. Und aus der Ferne hörte er das undeutliche Geräusch eines Basketballs, den jemand träge aufprallen ließ, irgendein Junge da draußen, der mit dem Ball umzugehen übte, der lernte, wie man dribbelte. Wie man den Ball unter Kontrolle hielt.

Er dachte an früher – als der Ball noch unangenehm groß für seine kleinen Hände war. Wie er versucht hatte, mit beiden Händen zu werfen, und wie die großen Jungen gesagt hatten: *Nee, kleiner Miah, du musst es schon richtig machen. Nur eine Hand. Musst den Ball beherrschen. Zeig ihm, wer der Boss ist.* Und dann das erste Mal, als ein Lederball aus seiner Hand im Netz landete – ein Lederball, den ihm sein Vater zum neunten Geburtstag geschenkt hatte. Er fühlte sich ganz anders an als die Plastikbälle, die er bis dahin benutzt hatte. *Den nimmst du aber nicht mit in den Park,* hatte sein Vater ihn ermahnt. Aber er hatte ihn natürlich doch mit in den Park genommen und so lange damit gespielt, bis der Ball außen rau war und die Luft verlor.

Als er älter war, rannte er den Bürgersteig entlang und hatte das Gefühl zu fliegen. Und der Ball, inzwischen wieder einer aus Plastik, war immer neben ihm, schien neben ihm herzufliegen, als ob sie beide mit unsichtbaren Fäden verbunden wären.

Letzten Sonntag hatte er dem sechsjährigen Ray beigebracht, den Ball im Laufen aufprallen zu lassen, hatte ihm geholfen, die kleinen Hände um den Ball zu legen. Er stand hinter ihm, als Ray auf den Korb zielte und daneben warf. *Du musst wirklich wollen, dass er reingeht, Ray,* hatte er gesagt. *Du musst daran glauben, dass es klappt.* Und sie hatten so lange geübt, bis der Ball schließlich, am Spätnachmittag, glatt hineinsegelte, ohne das Spielbrett oder den Ring zu berühren. Wusch! Und Ray hatte gestrahlt und war herumgesprungen und hatte Miah auf die Handfläche geklatscht. *Ja, ich kenn das Gefühl,* hatte Miah gesagt.

13 EINE GANZE WOCHE VERGING.

Und dann noch eine. Und plötzlich war es kalt und die Stadt schien eingehüllt in eine dünne Schicht von Regen und Wind.

Ziemlich früh am Samstagmorgen rief Susan an um sich noch einmal zu entschuldigen, dass sie es nicht geschafft hatte an Jom Kippur zu kommen. Ich saß oben auf der Treppe und hörte, wie Marion sich bitter beklagte. »Nicht eins der Kinder ist gekommen!«

Marion war Expertin darin, einem Schuldgefühle zu machen.

»Vergiss nicht ihr zu erzählen,« rief ich hinunter, »dass wir drei, du und Daddy und das Kind, das hier noch festsitzt, an Jom Kippur gar nichts gemacht haben. Und sag ihr auch, dass wir im *Wendy's* das Fasten gebrochen haben – und du auch noch mit einen *Cheeseburger.*«

Marion legte den Finger auf die Lippen und sah unwillig zu mir hoch.

»Wenn ich ihr das erzählt hätte«, sagte sie, nachdem sie aufgelegt hatte, »dann würde sie nach einer Ausrede suchen, um zu Chanukka wieder nicht zu kommen. Willst du das Lichterfest auch nur mit mir und Daddy verbringen?«

Ich schüttelte den Kopf.

»Übrigens, Anne hat angerufen. Als du geduscht hast«, sagte Marion. »Sie lässt ausrichten, du sollst sie anrufen, wenn du Zeit hast.«

»Was hat sie sonst noch gesagt?« Wir hatten seit dem Nachmittag, als ich ihr das mit Jeremiah erzählt hatte, nicht mehr miteinander gesprochen.

Marion sah mich verwundert an. »Einfach, dass du zurückrufen sollst. Denkst du vielleicht, sie sagt mir, worum es geht? Mir erzählt doch keiner auch nur irgendwas.«

Lächelnd strich ich mir das Haar hinter die Ohren und ging auf mein Zimmer zu. »Es hat sich eben rumgesprochen, dass du eine Klatschtante bist, Marion.«

»Als ob ich mich um Bekenntnisfeiern und Jungs kümmern würde …«, rief Marion zurück.

Ich drehte mich um und starrte sie böse an. Ich hasste Anne. »Was genau hat sie dir denn erzählt?«

Marion zuckte die Schultern. »Dass ihr zwei euch wegen eines Jungen gestritten hättet. Und wohl kaum, weil ihr den gleichen Jungen mögt – da Anne ja nicht direkt auf

Jungs steht.« Sie sah mich einen Augenblick an, dann wurde sie ernst. »Hey, du kannst mit mir reden … Ellie. Wir können uns nahe sein, wenn du willst. Wir können über alles reden.«

Ich seufzte und setzte mich wieder auf die Stufen. Wie sollte ich ihr sagen, dass es zu spät war für diese Nähe – dass diese Chance schon seit Jahren verspielt war?

»Es gibt nichts, worüber wir reden müssten … Mom«, sagte ich leise. »Wenn es so weit ist, sag ich es dir, versprochen.«

Marion nickte, drehte sich zur Spüle und fing an abzuwaschen. Sie zog einen Fuß hinter den anderen. Der Anblick trieb mir die Tränen in die Augen. Sie wirkte gebrochen. Geschlagen. Einsam.

14

KEINER AUF PERCY SAGTE EIN Wort. Es war seltsam, wie die Schüler wegzusehen schienen, wenn er und Ellie auf den Treppen von Percy Händchen hielten. Wenn er im Flur den Arm um ihre Schultern legte. Sie sahen weg, wenn er und Ellie sich vor dem Klassenzimmer küssten. Manchmal stellte Miah sich vor, wie sie sich im Zeitlupentempo abwandten: die Augen auf den Boden gerichtet, die Köpfe in langsamer Seitwärtsbewegung über dem Kragen der Percy-Uniform.

Aber sie bekamen sehr wohl alles mit. Einmal sah Miah, wie zwei schwarze Mädchen ihn und Ellie anstarrten und dann miteinander flüsterten. Als er aufblickte, wandten sich die Mädchen ab. Sie schienen weder ärgerlich noch überrascht oder verletzt zu sein. Nichts in der Art. Einfach zwei Mädchen, die über ihn und Ellie getuschelt hatten und dabei erwischt worden waren. Und die sich dann langsam abwandten.

Sogar Braun. Und Rayshon und Kennedy. Manchmal

dachte Miah daran, einfach mit ihnen darüber zu reden – so wie früher mit seinen alten Freunden. Er könnte von den Nachmittagen im Central Park erzählen und die anderen nach den Mädchen fragen, mit denen sie gingen. Er würde ja merken, wie sie reagierten, wenn er von Ellie sprach. Würden sie sich abwenden? Würden sie fragen, wie es mit ihr war? Rayshon und Kennedy würden vielleicht wissen wollen, ob es anders sei mit weißen Mädchen. Oder Joe und Braun würden fragen, was mit den schwarzen Mädchen in der Schule sei. Vielleicht hatten ja schon alle Erfahrung damit.

»Darf ich euch fotografieren?«, fragte ein Schüler eines Morgens.

Sie saßen auf den Stufen und warteten auf das Klingelzeichen.

Es standen oder saßen noch andere Schüler von Percy um sie herum, die miteinander redeten oder Hausaufgaben verglichen. Zwei Jungen machten Kunststücke auf ihren Skateboards: Sie sprangen über den Hydranten oder machten auf zwei Rädern eine Kehre.

Miah sah Ellie an. Als sie nickte, nickte er ebenfalls, und der Fotoapparat blitzte auf.

Dann war der Junge weg. Und die anderen um sie herum sammelten ihre Sachen zusammen und gingen in das Schulgebäude. Es läutete zur ersten Stunde und die beiden mit den Skateboards eilten an ihnen vorüber, die

Bretter unter den Arm geklemmt. Jemand sagte Hallo zu Ellie. Ein Junge aus dem Basketballteam tippte Miah im Vorübergehen auf den Kopf.

Der Morgen nahm seinen Lauf, als ob dieser Augenblick, der Augenblick von ihm und Ellie, schon eine Ewigkeit dauerte.

Und ewig weitergehen würde.

15

ALS ICH KLEIN WAR, HAT MIR Anne ständig von der Liebe erzählt. Manchmal, sagte sie, ginge es langsam; eine Investition von Mühe und Zeit über Monate oder gar Jahre. Etwa wie bei der Börse – man bringt nach und nach alles ein, was man hat, und hofft, so viel wie möglich zurückzubekommen. Etwas ganz anderes seien die Flirts und Blitzaffären – man hüpft von Partner zu Partner und nimmt sich nicht einmal die Zeit, herauszufinden, was bei der letzten Beziehung schief gelaufen ist.

»Und dann gibt es die Marion-Edward-Liebe«, sagte sie mal. Sie saß mir gegenüber und hatte die Finger an den Mund gelegt wie immer, wenn sie überlegte. »Einer denkt, er kennt den anderen in- und auswendig und dann, zack, eines Tages haut einer einfach ab. Ob man sich kennt oder liebt – das ist eben ein himmelweiter Unterschied.«

»Glaubst du, dass sie sich je geliebt haben, Anne?«

Ihre Augen wurden dunkel und ernst. »Irgendwann einmal. Vielleicht. Vor langer Zeit. Sie haben sich voller Begeisterung hineingestürzt. Und dann haben sie sich verloren.« Sie zuckte die Schultern. »Und jetzt sind sie alt und beide kennen nur diese Beziehung, nur diesen Partner. Deshalb bleiben sie zusammen.«

»Wozu?«

Sie zuckte wieder die Schultern. »Was auch immer.«

Dann schwiegen wir eine Weile. Ich lehnte mich mit dem Rücken an die Kaminumrandung und stellte mir vor, wie meine Mutter und mein Vater auf dem Meer trieben und nicht von der Stelle kamen, sich aber gegenseitig über Wasser hielten.

»Und manchmal«, fuhr Anne leise fort, »manchmal ist es einfach nur Liebe, Ellie. Es gibt keine Erklärung dafür und es braucht auch gar keine zu geben.«

Sie lehnte sich auf der Couch zurück, schlug die Beine übereinander und lächelte. »Vollkommene Liebe«, sagte sie.

»Und wie ist das?«

»Wenn es dir passiert, Schwesterherz, weißt du es.«

Manchmal gibt es morgens nur das eine auf der Welt – Jeremiahs Hand, die nach meiner greift. Nicht Marions Warnung, dass die Zeit unabsehbare Veränderungen mit sich bringt. Nur Miahs Hand in meiner und eine Stimme, viel lauter als Marions – meine eigene Stimme: *Nutze diesen Augenblick, Ellie, und lauf!*

Nutze den Augenblick und lauf.

16

ES SCHNEITE AN DEM MORGEN, als er Ellie in der Bücherei traf. Jeremiah stieg langsam die Stufen hinauf und zog den Rucksack höher. Schon immer hatte er die Bücherei auf der Fifth Avenue geliebt, mit den zwei steinernen Löwen, die den Eingang bewachten. Als er klein war, hatte seine Mutter ihn oft mit hierher genommen, und sie lasen Gedichte in dem stillen Lesesaal mit der hohen Decke.

Ellie stand an einen der steinernen Löwen gelehnt. Sie hatte den Kragen ihres erbsengrünen Mantels hochgeschlagen und ihre Augen leuchteten sanft und hell. Das Haar hatte sie sich zu einem Zopf geflochten, zu einem langen, ordentlichen Zopf, der unter der Skimütze hervorkam und ihr über den Rücken fiel. Als Jeremiah auf sie zuging, kam er sich plötzlich unbeholfen vor.

»Du siehst schön aus«, sagte sie und beugte sich vor um ihn zu küssen. Da lächelte er und die Spannung löste sich. Sie gab ihm ein gutes Gefühl. Immer wenn sie lächelte oder ihn küsste oder auf dem Gang in der Schule seinen Namen rief, fühlte er es. Dass jetzt alles für immer gut sein würde.

»Du auch«, sagte er.

Sie sahen sich wortlos an.

»Es schneit. Kaum zu glauben«, sagte sie schließlich.

Er schüttelte den Kopf. Der Himmel über ihnen war dunkel, blaugrau. Ellies Augenfarbe veränderte sich je nach Wetter. Jetzt war sie auch blaugrau, rauchfarben.

»Möchtest du reingehen?« Es schneite inzwischen heftiger.

»Nein.«

»Ich auch nicht.«

Um sie herum eilten die Menschen über die Fifth Avenue.

»Aber es bleibt uns wohl nichts anderes übrig, oder?«

Miah zuckte die Schultern. »Ja. Wahrscheinlich. Trotzdem hab ich keine Lust.«

Ellie lächelte, dann beugte sie sich vor und küsste ihn noch mal.

Eine schwarze Frau, die auf den Eingang der Bibliothek zusteuerte, sah sie argwöhnisch an. Jeremiah spürte, wie sich Ellies Hand fester um seine schloss.

»Glaubst du, dass es immer so sein wird, Miah?«, fragte sie, nachdem die Frau hinter der Tür verschwunden war. »Diese Blicke und die dummen Bemerkungen? Ich hasse das. Wirklich, ich hasse es von ganzem Herzen.« Seufzend drückte sie den Kopf an den Löwen.

Er nickte. Auch das liebte er an ihr – dass sie in der kurzen Zeit, die sie jetzt zusammen waren, bereits begriffen hatte, wie bescheuert die Welt sein konnte.

»Ich nehm es hin …«, sagte Jeremiah langsam. »Wie das Wetter oder so. Es gibt Regen, es gibt Schnee, es gibt Sonnenschein. Immer wechselnd und doch irgendwie immer das Gleiche, verstehst du?«

Ellie runzelte die Stirn und schüttelte den Kopf. »Das ist mir ein bisschen zu hoch.«

Sie fröstelte und Miah zog sie enger an sich. »Nenn es einfach Regen. Die Leute, die damit Probleme haben, dass wir miteinander gehen – wir sagen einfach, sie und ihre Probleme sind Regen.«

Ellie nickte. »Okay, sie sind Regen.« Sie lächelte. »Gut. Und was weiter?«

»Es regnet ja nicht immer. Aber wenn es nicht regnet, wissen wir, dass der Regen nicht für immer aufgehört hat.«

Ellie seufzte. »Tja, eine Dürreperiode hätte schon auch ihre Vorteile.«

Er wischte ihr die schmelzenden Schneeflocken von der Stirn. »Komm, wir gehen rein.«

Ellie rückte ihren Rucksack zurecht und folgte ihm.

»Du darfst nicht zulassen, dass es von dir Besitz ergreift«, flüsterte Jeremiah und führte sie an einen fast unbesetzten Tisch. Er zog den Mantel aus und hängte ihn über den Stuhl neben sich. »Wenn du das alles die ganze Zeit mit dir rumträgst, frisst es dich auf.«

Ellie nahm ihre Mütze ab und strich sich das Haar glatt. Sie sah ihn mit hochgezogenen Augenbrauen an.

»Es frisst mich auf, selbst wenn ich nicht dauernd daran denke«, flüsterte sie zurück, hängte ihren Mantel neben den von Miah und setzte sich. »Ich wünsche mir, dass diese Seite unserer Freundschaft – einfach verschwindet.«

»Die verschwindet nur, wenn wir gehen, Ellie. Wenn wir auseinander gehen.«

Sie sah auf ihre Hände hinunter. »Weißt du was? Als wir das erste Mal im Central Park gesessen und geredet haben – und als du den Snickers-Riegel durchgeschnitten und mir die Hälfte abgegeben hast –, da war mir so, als hätte ich darauf seit ewigen Zeiten gewartet. Du weißt schon, auf jemanden, mit dem ich reden kann, jemand, der mich so versteht wie du. Und da warst du, dicht neben mir, und du hast mir zugehört und deinen Schokoriegel mit mir geteilt.« Sie überlegte einen Moment. »Wenn ich davon geträumt habe, dann hatte dieser Jemand kein Gesicht. Es war eher so ein Gefühl. Ich wusste nicht, dass es so sein würde – so schön und auch so schwierig.«

»Und wenn du es gewusst hättest?«

Ellie sah ihn nicht an. »Ich wäre trotzdem gekommen – ich hätte dich trotzdem gesucht, damals, im Schulkorridor. Ist doch verrückt, oder? All die Blicke und die blöden Bemerkungen – wenn mir jemand gesagt hätte, dass ich da durch müsste …« Sie lächelte und steckte das Ende ihres Zopfes in den Mund. »… um dich zu finden – ich wäre trotzdem gekommen.«

»Ich auch«, flüsterte Miah. »Keine Frage.«

17 »DAS IST SO BEI DEN WEISSEN«,

sagte sein Vater gerade. Sie fuhren die Long Island Schnellstraße entlang in Richtung East Hampton. Sein Vater wollte dort ein Haus besichtigen, als Drehort für seinen nächsten Film. »Ihnen ist nicht bewusst, dass sie weiß sind. Sie nehmen wahr, dass die Leute um sie herum weiß sind, aber sie denken nicht darüber nach, dass sie selbst ja auch weiß sind.« Er schüttelte den Kopf und warf einen Blick in den Rückspiegel. »Es ist schon seltsam.«

Jeremiah starrte aus dem Fenster. Wie waren sie auf das Thema gekommen? So sollte es nicht sein, wenn er seinem Vater davon erzählte. Er wusste eigentlich gar nicht, was er wollte. Vielleicht nur, dass ihn sein Vater in den Arm nahm und sagte: »Ich bin stolz auf dich, mein Sohn, dass du deinem Herzen folgst.« Aber er war noch gar nicht dazu gekommen von Ellie zu erzählen. »Einigen ist es aber sicher doch bewusst.«

Sein Vater warf ihm einen Blick zu und lächelte. »Wenn

sie in eine Gruppe von Schwarzen geraten, dann ist es ihnen bewusst. Oder wenn sie in Harlem vom Einbruch der Dunkelheit überrascht werden, dann wissen sie es. Aber sonst … Denk doch mal an die Geschichte mit den Kirchen der Schwarzen …«

Jeremiah nickte. Er hatte von den Bombenanschlägen auf Kirchen der Schwarzen gehört. Fast jede Woche wurde zur Zeit eine Kirche Opfer eines Anschlags. In Fort Greene redete jeder davon.

»Ein Weißer liest die Zeitung und sagt: ›Das ist ja furchtbar für die Kirchen. Eine Schande. Ich hoffe, dass sie die Täter bald erwischen.‹«

Miah zuckte die Schultern. »Na und, was soll man sonst sagen? Ich würde das auch sagen.«

»Stimmt. Aber du musst immer noch einen Schritt weiter, weil du schwarz bist. Das sind nicht ›die Kirchen‹, sondern es sind *schwarze Kirchen*, und weil es schwarze Kirchen sind, bedeuten sie mehr für dich.« Er nahm eine Hand vom Steuerrad und deutete auf seine Brust. »Hier drin. Ganz tief.«

Miah sah wieder zum Fenster hinaus. Letzten Samstag, nachdem sie die Bibliothek verlassen hatten, waren er und Ellie Hand in Hand die Fifth Avenue entlanggegangen. Ein paar weiße Typen hatten blöde Bemerkungen gemacht wie »Dschungelfieber« und »Warum ist es hier plötzlich so dunkel«.

Miah hatte die Zähne zusammengebissen und Ellies Hand fester umklammert. *Einfach durch den Regen gehen,* hatte Ellie gesagt.

»Glaubst du nicht, Daddy, dass es irgendwo auf der Welt einen weißen Menschen gibt«, sagte Jeremiah jetzt, »der anders ist? Der morgens aufsteht, in den Spiegel schaut und sagt: ›Ich bin weiß, was mache ich daraus? Wie setze ich mich dafür ein, dass die Welt sich ändert?‹«

Sein Vater runzelte die Stirn und überlegte einen Augenblick. Dann entspannten sich seine Züge. Er griff nach Miahs Hand.

»Weißt du was, Miah-Mann«, sagte er, »ich hoffe es von ganzem Herzen.«

18

»KANNST DU MIR DAS ERKLÄren, Elisha?«

Ich sah von meinem Physikbuch auf. Marion stand in der Tür und hielt eine kleine weiße Karte in der Hand.

»Was erklären?« Es war Samstagmorgen. Ich wollte mich später mit Miah in der City treffen um ins Kino zu gehen. Doch jetzt stand Marion in der Tür und hielt eine weiße Karte zwischen Daumen und Zeigefinger, als wäre sie etwas Schmutziges, das man lieber nicht anfasst.

»Das *unentschuldigte Fehlen.*« Sie hielt die Karte hoch und las: »Sehr geehrte Eltern, wir möchten Sie informieren, dass Ihre Tochter am Donnerstag, dem zweiundzwanzigsten Oktober, im Mathematikkurs Trigonometrie zwei unentschuldigt gefehlt hat.«

Ich zuckte die Schultern. Am zweiundzwanzigsten Oktober. Als wir uns das erste Mal geküsst hatten. War es wirklich schon so lange her? Der wunderbare Tag im Central

Park? Wie konnte die Zeit so schnell vergehen, wenn sie doch still zu stehen schien?

»Ich bin eben nicht hingegangen. Was gibts da zu erklären?«

»Aber du warst an dem Tag doch in der Schule.«

»Ja.« Ich legte das Buch auf den Schoß und sah aus dem Fenster neben meinem Bett. Ich wollte das nicht ... erklären müssen. Nicht Marion. Und sonst auch keinem. Wer würde es schon verstehen? Er war Miah. Jeremiah Roselind. Und als wir an jenem Nachmittag aus dem Park kamen, hatte er meine Hand genommen und sie gehalten. Wer in dieser blöden Familie würde das schon verstehen – wie unsere Hände aussahen, dunkel und hell gleichzeitig. Wie anders sich sein Haar anfühlte als meines. Wer würde es je begreifen in dieser Familie, in der sich nur Menschen heirateten, die sich äußerlich glichen?

»Elisha«, sagte Marion. »Ich rede mit dir!«

»Klar bin ich an dem Tag in der Schule gewesen. Ich bin bloß nicht in die Mathestunde gegangen.«

»Elisha«, sagte Marion so sanft, dass es mich überraschte. »Bitte verhalte dich nicht so. Tu es mir nicht an und deinem Vater auch nicht. Das haben wir nicht verdient.«

»Was hast du verdient, Marion? Du bist fortgegangen – einfach abgehauen –, hast das Haus verlassen. Zweimal. Ich finde, ich kann einmal eine Stunde von fünfundvierzig Minuten schwänzen, ohne es erklären zu müssen.«

»Musst du mir das ständig vorwerfen?«

Ich warf ihr einen finsteren Blick zu.

»Wir haben uns immer gefragt, wann du deswegen mal ausrastest«, sagte sie. »Alle anderen sind ausgerastet, du bisher nicht.« Sie hielt die Karte hoch. »So drückt sich also deine Wut aus.«

»Du hast doch keine Ahnung, Marion. Dass ich nicht in der Mathestunde war, hat nichts mit dir zu tun. Stell dir vor, es dreht sich nicht alles um dich.«

Sie wandte sich ab um zu gehen, dann hielt sie inne.

»Ich glaube, ich weiß eine ganze Menge, Elisha. Ich weiß sehr wohl, dass sich nicht alles um mich dreht. Vielleicht bildest du dir ja ein, dass du zur Zeit auf alles eine Antwort hast, wegen des Jungen. Aber das täuscht. Du wirst erleben, wie dich das Leben herumwirbelt, und dann findest du dich auf unbekanntem Terrain wieder.«

»Ich muss lernen. Und es gibt keinen Jungen.«

»Der, der immer anruft.«

»Das ist nur ein Schulfreund.«

»Du wirst es erleben, Elisha – wie du vom Leben ausgetrickst wirst«, sagte sie noch mal.

Nachdem sie gegangen war, starrte ich lange aus dem Fenster. Die Bäume im Central Park waren jetzt alle kahl und der Himmel war bedeckt und bleiern grau. Ich sah Leute auf der Straße, vornübergebeugt, vor Kälte zusammengekrümmt. Ich fröstelte. Marion hatte Unrecht. Nein, vielleicht nicht Unrecht, aber sie war nicht auf dem Laufenden. Das Leben hatte mich schon herumgewirbelt und mich auf fremdem Terrain abgesetzt. Ich strich mit der Hand über die marineblaue Decke auf meinem Bett. An einem schönen, wunderbaren, vollkommenen, ganz perfekten Ort.

19

»DU WEISST, DASS ICH MORGEN ganz früh nach L. A. fliege?«

Jeremiah nickte und schüttete Cornflakes in eine Schale. »Hast du mir letzte Woche schon gesagt. Haben wir Orangensaft?«

»Ich glaube schon.« Sein Vater saß am Tisch. Vor seiner Tasse Kaffee hatte er einen Teil der *New York Times* aufgeschlagen. Er sah Miah nachdenklich an. »Alles in Ordnung mit dir?«

»Ja. Nur müde.«

»Du warst gestern ziemlich lange aus. Wann bist du nach Hause gekommen?«

»Gegen zehn.« Miah goss etwas Orangensaft auf die Cornflakes und trug die Schüssel an den Tisch.

»Sprich mit mir, Miah-Mann. Was passiert in deinem Leben? Ich hab das Gefühl, dass ich dich überhaupt nicht sehe. Du hast diese Woche zum ersten Mal hier übernachtet. Dabei dachte ich, diese Woche sei ich dran.«

»Ich hab eine Menge lernen müssen – und ich wusste, dass du abends ein paar Mal Besuch hattest. Drüben ist es ruhiger.«

Sein Vater runzelte die Stirn. »Also, es wäre eigentlich nett, wenn du wenigstens kurz hereinschaust und die Leute begrüßt, ehe du zu Nelia rübergehst.«

»Ich kenne die Leute doch schon. Die rundliche Dame, die ständig mit mir geflirtet hat?«

»Wer? Kate Mitchell?«

»Ja, ich glaube.«

»Kate hat in meinem letzten Film mitgemacht.« Er grinste. »Die Rolle der Lehrerin. Sie spielt ein bisschen mit dir rum.«

»Weiß ich doch.« Er sah sich in Lois Anns Küche um. Sie war mintgrün gestrichen und überall gab es Bilder und Pflanzen. Die Küche seiner Mutter mit den großen Fenstern und den cremefarbenen Wänden gefiel ihm besser.

»Und was machst du eigentlich an den Wochenenden?«

Jeremiah nahm einen Löffel Cornflakes und kaute darauf herum, ehe er antwortete. »Ich geh meistens in den Central Park – mit ein paar Leuten von Percy.« Er log seinen Vater nicht gerne an. Ja, er ging in den Central Park, aber nur mit Ellie – um stundenlang mit ihr zu sitzen und zu reden.

»Sei vorsichtig da drüben. Nicht rennen.«

Schon seit er ein kleiner Junge war, hatte ihn sein Vater stets davor gewarnt, in einer weißen Umgebung zu rennen. Einmal, als er zehn war, hatte er sich von seinem Vater losgerissen und war die Madison Avenue entlanggerannt. Sein Vater holte ihn ein und packte ihn an der Schulter. *Dass du mir nie wieder rennst in einem weißen Stadtteil,* hatte er heftig und mit Tränen in den Augen geflüstert. Dann hatte er Miah an sich gezogen und festgehalten. *Niemals.*

»Die Zeiten haben sich geändert, Daddy«, sagte Miah.

»Nicht viel.«

Er wusste, dass sein Vater Recht hatte. Er kannte schließlich die Blicke der Leute, wenn er mit Ellie Hand in Hand ging. Manchmal machte es ihm Angst. Die weißen Typen neulich mit ihrem dummen Gerede, die hatten ihm Angst gemacht. Er war kein Kämpfer, hatte nie richtig gelernt, sich zur Wehr zu setzen. Er wollte nicht in eine Schlägerei verwickelt werden.

»Ich renn ja auch nicht rum. Ich bin nur dort. Wann kommst du wieder?«, fragte er, weil er das Thema wechseln wollte.

Sein Vater zog die Brauen zusammen. »Du kennst doch die Leute. Hetzen einen zu Tode. Ich versuche, bei TriStar oder einem anderen Studio anzukommen, wo man richtiges Kino machen kann statt dieser albernen Filme, die ich hier über unechte Schwarze machen muss. Ein paar andere Studios haben durchblicken lassen, dass sie das Gleiche wollen, aber es kann auch nur Gerede sein. Ich hab vor, rüberzufliegen um mir mal anzuhören, was sie von dem neuen Drehbuch halten – es geht um eine Familie und ihre täglichen Probleme. Keine Gewalt, keine Drogen, einfach Familienalltag. Wahrscheinlich komm ich nicht weit damit.«

Jeremiah aß langsam weiter. Ihm war heute Morgen nicht nach Hollywood-Gerede. Als sein Vater das letzte Mal für einen Oscar nominiert worden war, hatte er einen Studiovertrag bekommen. Eines der großen Hollywood-Studios hatte erklärt, man würde seine Filme finanzieren, egal welches Thema. Aber dann hatte sich herausgestellt, dass die Wirklichkeit anders aussah. Jetzt sprach er bei einem Studio nach dem anderen vor und versuchte, aus dem Vertrag herauszukommen. Manchmal fragte sich Jeremiah, warum sein Vater geheiratet und sich ein Kind zugelegt hatte. Klar, er wusste, dass sein Vater ihn liebte. Aber Filme machen lag ihm noch mehr am Herzen.

»Gestern Abend haben wir einen guten Film gesehen. Über Insekten.«

»Über Insekten?«

Jeremiah nickte lächelnd. »Ein ganzer Film ohne Worte, nur von Insekten. Cool.«

»Hatte er eine Botschaft, gesellschaftsbezogen?«

»Vielleicht, dass man Insekten nicht als gegeben hinnehmen soll.«

Sein Vater verdrehte die Augen.

»Das sollte man wirklich nicht. Stell dir vor, eines Tages gäbe es keine Insekten mehr.«

»Super«, meinte sein Vater. »Keine Küchenschaben.«

»Keine Schaben. Keine Blattläuse. Keine Marienkäfer. Keine Honigbienen ...«

»Keine Pullover fressenden Motten.«

»Keine Schmetterlinge, keine Libellen, keine Glühwürmchen in der Nacht.«

Sein Vater lachte. »Das wär allerdings traurig für dich. Weißt du noch, wie du sie gläserweise gefangen hast, unten im Süden? Mama hat darauf bestanden, dass du sie auf der Stelle wieder rausbringst und freilässt.«

Bei der Erinnerung an die heißen Sommernächte im Süden musste Jeremiah lächeln. All die blinkenden Glühwürmchen, die mit ihrem grünlichen Geflimmer an ihm vorbeisegelten. Er musste nur danach greifen und schon hatte er eines gefangen. Einmal hatten er und sein Vetter Frank einen ganzen Schwarm davon tot gemacht und sich Hände und Gesicht mit dem grünen Zeug eingerieben, bis sie leuchteten. Dann waren sie lachend auf der Straße herumgelaufen und hatten die kleineren Kinder erschreckt. Frank war drei Jahre älter als Miah, aber in dem Sommer waren sie unzertrennlich gewesen. Jetzt studierte Frank an der Universität von Moorhouse Soziologie und war im Uni-Football-Team. Bei der Beerdigung seiner

Großmutter hatte Jeremiah ihn das letzte Mal gesehen. Manchmal hatte er tief im Inneren das Gefühl, dass es Menschen gab, die er nie wieder sehen würde. Frank war so ein Fall. Vielleicht sollte er ihn mal anrufen.

»Manchmal fehlen mir bestimmte Leute«, sagte Miah leise. »Großmutter fehlt mir immer – obwohl sie schon vier Jahre tot ist.«

Sein Vater nickte seufzend. »Ja, mir fehlt sie auch. Meine Mutter war etwas ganz Besonderes.«

»Ich frag mich manchmal, was sie über all das sagen würde – wie wir jetzt leben, meine ich.«

»Sie würde es verstehen. Nelia und ich haben uns auseinander gelebt. Sind uns fremd geworden. Das kommt vor. Und während wir uns auseinander lebten, hab ich mich in Lois Ann verliebt. Es ist nicht richtig, aber es ist eben passiert.« Sein Vater schwieg einen Augenblick. »Ich wollte Nelia nie so verletzen, wie ich es getan habe. Es ist einfach passiert«, sagte er.

Jeremiah schüttelte den Kopf und starrte auf seine leere Cornflakesschüssel. Ellie würde ihm nie fremd werden. Sie war in ihm und umgab ihn vollständig. Wenn er die Augen schloss, spürte er ihr Haar auf seiner Wange. Er konnte sich nicht vorstellen, sie nicht mehr zu küssen. Oder sie nicht mehr küssen zu wollen. Oder der Grund dafür zu sein, dass sie weinte. Es würde ihm das Herz zerreißen, Ellie seinetwegen weinen zu sehen.

»Daddy?«

»Hmm?«

»Was, glaubst du, passiert mit den Menschen, wenn sie sterben? Glaubst du, dass sie einfach wieder zu Staub werden, oder dass es etwas Höheres gibt?«

»Ich weiß nicht ...« Sein Vater zog nachdenklich die Stirn kraus. »Ich würde gerne glauben, dass es etwas Höheres gibt, etwas Besseres vielleicht. Aber ich denke, die Menschen brauchen einfach den Glauben an so etwas, um nicht zu verzweifeln.«

»Manchmal spüre ich Großmutter aber. Es ist, als ob sie hier wäre.« Jeremiah berührte seine Schulter. »Und sie flüstert mir zu, dass es da gut ist, wo sie jetzt ist. Dass sie glücklich ist und es ihr gut geht.« Er sah seinen Vater an. »Hältst du das für verrückt?«

Sein Vater schüttelte lächelnd den Kopf. »Nein, Miah-Mann«, sagte er sanft. »Das halte ich keineswegs für verrückt. Überhaupt nicht.«

20

ICH WAR ERST EINMAL IN Brooklyn gewesen. Als ich neun war, haben wir mit Marion ihre Großtante besucht. Die Zwillinge wohnten damals noch zu Hause. Den ganzen Vormittag lang hatten sie mit meinen Eltern gestritten. Sie hatten beide keine Lust. Ich saß völlig angezogen und ausgehbereit am Küchentisch und löffelte Frosties. Die Zwillinge hatten die Tante schon ein paar Mal besucht, ehe ich auf die Welt kam.

»Dort sind wir doch schon gewesen«, hatte sich Anne bei meinen Eltern beschwert. »Ich hab keine Lust, den ganzen Samstagnachmittag in einer voll gestopften Wohnung in Flatbush herumzusitzen.«

»Ich auch nicht«, sagte Ruben und steckte den Kopf in sein Geschichtsbuch. »Und ich hab sowieso einen Haufen Hausaufgaben.«

»Ihr kommt mit«, entschied Marion. »Jeder, der in diesem Haus wohnt, kommt mit.«

»Willst du wirklich sehen, wo ich wohne?«, fragte Jeremiah nervös. Wir saßen auf der Tribüne und warteten auf den Anfang vom Basketball-Training. Die anderen Spieler kamen lärmend herein. Außer mir saßen noch ein paar Mädchen auf der Tribüne. Wir wussten, dass wir rausgeschmissen würden, sobald der Trainer auftauchte. Ich kreuzte die Beine und starrte auf meine Turnschuhe.

»Natürlich will ich es sehen, Dummkopf. Du redest von Fort Greene, als wärs der einzige Ort der Welt.«

Jeremiah grinste. »Es ist ja auch der einzige Ort der Welt. Der einzige Ort, wo ich leben möchte.« Er griff nach meinem Fußgelenk und hielt mich fest. »Ich fänds cool, wenn du mich in Brooklyn besuchst.«

»Abgemacht. Wann soll ich kommen?«

»Jetzt.«

Ich sah ihn erstaunt an. »Da ist doch jemand, der zum Training muss, Miah. Und zwar nicht ich.«

»Also nach dem Training. Um halb fünf bin ich fertig. Dann können wir mit der U-Bahn hinfahren.« Er zwinkerte mir zu. »Zum Abendessen hab ich dich bei mir zu Hause.«

Ich merkte, wie ich rot wurde. »Du bist vielleicht ein Macho.«

»Alle, die nicht zum Team gehören – raus!«

Ich schaute auf und sah den Trainer mitten in der Halle stehen.

Langsam begannen die unerwünschten Zuschauer hinauszuströmen.

»Ich treff dich dann draußen«, sagte ich, küsste meine Fingerspitzen und berührte kurz sein Gesicht damit.

Er griff nach meiner Hand und küsste sie. »Halb fünf – Ellie Eisen reist nach Brooklyn.«

Als ich damals mit meiner Familie in Brooklyn gewesen war, hatte es mir nicht besonders gefallen. Die Wohnung der Großtante war eng und dunkel und es roch abgestanden. Ich saß zwischen Ruben und Anne, während sich meine Eltern fast flüsternd mit der Großtante unterhielten – über das Wetter, über ihre verschiedenen Krankheiten und Zipperlein, über längst verstorbene Verwandte. Die Großtante setzte uns dünnen Tee und Grahamkräcker vor. Marion starrte uns böse an, bis wir jeder einen Kräcker nahmen und Danke murmelten. Sie starrte uns noch mal auffordernd an, bis wir jeder einen Bissen und ein Schlückchen Tee nahmen. Jetzt war sie zufrieden und nahm die Unterhaltung mit der Großtante über uralte Angelegenheiten wieder auf. Das war lange her.

Als Jeremiah und ich durch die U-Bahn-Sperre gingen, spürte ich, wie sich mein Magen zusammenzog. Ein anderes Brooklyn. Jeremiahs Brooklyn.

»Wohnst du in der Nähe von Flatbush?«

Miah schüttelte lächelnd den Kopf. »Das klingt wie die

Frage, ob die Upper West Side in der Nähe von Soho ist. Ja, beides liegt im selben Stadtbezirk, aber es ist schon ein gutes Stück auseinander.« Er schwitzte noch von der körperlichen Anstrengung. Seine Augen waren hell und strahlend, wie immer nach dem Training.

»Hast du deine Mutter angerufen?«

Ich nickte. Ich hatte gelogen – na ja, so halb gelogen – und Marion gesagt, ich würde später kommen, weil ich zu einer Mitschülerin ginge um zu lernen.

»Hast du deine angerufen?«

Miah nickte. »Gleich nach dem Training. Sie hat gesagt, sie macht uns Burger – isst du Fleisch?«

Ich nickte.

»Pech für dich, meine Mutter ist nämlich wie ich. Wird so 'ne Art Sojaburger sein. Aber die sind gut.«

»Kann ich mir vorstellen.« Ich verzog das Gesicht.

Miah lachte. »Auf jeden Fall musst du ihn aufessen, damit Nelia nicht beleidigt ist.« Er beugte sich über den Rand des Bahnsteigs. »Der Zug trifft ein. Das sagt mein Dad immer. Nervös?«

Ich nickte. Der Zug war laut und voll. Miah musste zum Sprechen ganz dicht an mich ranrücken. Er lächelte und berührte meine Wange. Die Leute glotzten, aber wir taten so, als würden wir es nicht bemerken. Die Leute glotzten immer. *Als ob ich plötzlich ein drittes Bein hätte, seit wir miteinander gehen,* hatte Miah mal gesagt.

»Beruhige dich. Nelia ist cool.«

»Und die Wohnung von deinem Vater? Gehen wir da auch hin?«

»Er ist mal wieder geschäftlich unterwegs.«

»Warum erzählst du so wenig von ihm, Miah? Und warum ist er immer weg?«

Er zuckte die Schultern. »Erzähl ich dir, wenn wir aussteigen.«

Es war kalt, als wir aus der U-Bahn heraufkamen. Ich fröstelte und Miah legte einen Augenblick lang den Arm um mich, ließ ihn dann aber wieder sinken.

Die Straßen, die wir entlanggingen, waren still und leer. »So viele Bäume«, sagte ich. Ich hatte nicht in Erinnerung, dass es in Brooklyn so grün war. »Hübsch hier.«

»Ja.« Er wirkte abwesend und bedrückt. »Ellie«, sagte er leise, »hast du mal den Film *Somewhere on this Journey* gesehen?«

Ich nickte. Ich war mit Anne und Marion drin gewesen, vor einem Jahr, als er irgendeinen großen Preis bei einem Filmfestival gewonnen hatte. Marion hatte von Anfang bis Ende geweint. »War ein toller Film.«

Miah sah mich an und atmete tief durch. »Mein Vater hat ihn gemacht«, brachte er mühsam hervor.

Ich blieb stehen und griff nach seiner Hand. »Dein *Vater* ist Norman Roselind?«

Miah nickte und sah weg.

Ich ließ seine Hand los und ging weiter. Plötzlich hatte ich ein komisches Gefühl, heiß und beklemmend. Irgendwie wollte ich nicht, dass Miah der Sohn von Norman Roselind war. Ich wollte, dass er einfach Miah war – ein Junge aus Brooklyn. Er war ja auch Miah. Und war es auch nicht.

»Ellie.« Er holte mich wieder ein und berührte meine Schulter. »Das ist noch nicht alles.« Er lachte. Es klang nervös – und ein bisschen ängstlich.

»Du hast doch von dem Buch erzählt, das ihr bei Ms. Lanford in Englisch durchnehmt. Das von dem Mädchen, das in Chicago aufwächst.«

Ich nickte.

»Es ist von meiner Mutter. Sie hat mehrere Bücher geschrieben.«

Wieder blieben wir stehen. Ich zog die Unterlippe zwischen die Zähne und kaute eine Weile darauf herum. »Puh, Miah. Ich dachte – ich dachte, du wärst einfach Miah.«

»Bin ich ja auch. Deshalb rede ich doch kaum über sie. Als sich meine Eltern getrennt haben, war es überall bekannt. Jeder wusste es. Ich hab eine dämliche Illustrierte aufgemacht und mich selbst darin gesehen, einfach zum Kotzen – das arme Einzelkind von Norman und Nelia Roselind. Ich bin nicht das arme Einzelkind, ich bin Miah.« Er schluckte. Einen Augenblick kam es mir so vor, als würde er anfangen zu weinen. Das wollte ich nicht. Wenn er weinte, müsste ich auch weinen. Oder vielleicht auch nicht. Vielleicht würde ich einfach in die U-Bahn steigen und heimfahren – nach Hause zu Marion und meinem Vater und meinem stillen Zimmer mit dem Blick über den Central Park. Zurück in unsere Wohnung, wo niemand berühmt oder auf irgendeine Weise außergewöhnlich war.

»Ich will nicht, dass du nach Hause gehst, Ellie«, sagte Miah.

»Wer sagt was von nach Hause gehen? Ich hab kein Wort davon gesagt.«

»Ich sehe es dir an, dass … dass du gehen willst.«

Ich zurrte den Rucksack hoch. »Du hättest mir längst was sagen sollen, verstehst du? Es kommt mir vor, als ob du gelogen hast …«

»Das hab ich doch nicht, Ellie. Ich wollte einfach nicht über sie reden.«

»Lügen, indem man nichts sagt.« Ich wandte mich ab. Leute auf dem Weg zur U-Bahnstation sahen uns neugierig an, aber es machte mir nichts aus. Ich konnte es nicht ausstehen, wenn man mir nicht die Wahrheit sagte. Ich hasste es.

Jeremiah setzte sich auf den Randstein. »Und wenn ich dir gleich von Anfang an die Wahrheit gesagt hätte?«, meinte er. »Dann hättest du gedacht, dass ich was – dass ich jemand bin, der ich nicht bin. Damals auf dem Gang in der Schule, da wollte ich, dass du … dass du mich siehst, wie ich selbst bin, Ellie. Miah.« Er seufzte und scharrte auf dem Asphalt herum. Ich sah ihm eine Weile zu.

»Du hättest es ja mal versuchen können, Miah«, sagte ich. »Im Zweifel für den Angeklagten.«

»Genau das mach ich doch jetzt.«

Ich setzte mich neben ihn und seufzte. »Ich weiß. Ich verstehe es und auch wieder nicht. Ich hätte was anderes angezogen, wenn ich …«

»Aber ich will dich doch gar nicht anders, Ellie. Ich will dich so haben, wie du bist. Die Ellie mit den wehenden Haaren, der die Bücher durch die Gegend fliegen. Die Ellie, die mir zulächelt – ein echtes Lächeln, kein aufgesetztes.«

Ich sah ihn an, merkte, dass sich ein Lächeln auf meinem Gesicht ausbreitete, und schüttelte den Kopf. »Sonst noch Überraschungen? Ist dein Onkel vielleicht Präsident oder so?«

Miah grinste. »Nee – bisher wenigstens noch nicht.«

Ich stand auf. »Dann gehen wir mal zu den Sojaburgern. Mir wird hier draußen allmählich kalt.«

21 »HE, MIAH! WARTE DOCH!«

Miah drehte sich um und schüttelte den Kopf. »Typisch.«

Carlton kam mit wippendem Rucksack auf sie zugerannt. »Das Tech hat das Team von Stuyvesant geschlagen, Mann – hundertzehn zu zweiundneunzig. Wir haben sie erledigt!« Er hielt Miah die Handfläche hin und Miah schlug drauf und bemerkte, wie Carltons Blick zu Ellie hinüberglitt.

»Hallo! Ich bin Carlton«, sagte er und verbeugte sich.

Ellie lächelte. »Ellie.«

»Es ist mir ein Vergnügen, Ellie.«

»Okay, Carlton, nett dich zu treffen – ich hoffe, du verstehst den Wink.« Miah nahm Ellie bei der Hand und ging los.

»Das ist die Lady vom ersten Schultag, was?« Carlton grinste. »Die, der du die Bücher aus dem Arm geschlagen hast. Hat er sich wenigstens entschuldigt, Ellie?«

Ellie musste lachen und Miah spürte, dass ihr Carlton

gefiel. Es war ein gutes Gefühl, Ellie lachen zu sehen und zu wissen, dass einer seiner Kumpel sie zum Lachen brachte.

»Er hat sich sogar mehrfach entschuldigt«, sagte Ellie.

Carlton stieg langsam die Stufen zu seinem Sandsteinhaus hoch. »Gut, meine Erziehungsversuche haben also gefruchtet.« Er hob den Daumen in Miahs Richtung und verschwand in dem Haus.

»Also, das war Carlton«, sagte Miah. »Und das hier ist eines von meinen Häusern. Und da drüben wohnt Daddy.« Er deutete auf die gegenüberliegende Straßenseite.

Ellie sah hinüber und schüttelte den Kopf. »Das ist wirklich verrückt.«

»Ich glaube, er zieht irgendwann nach L. A. Vielleicht erst, wenn ich auf dem College bin oder so. Aber ich glaube, er will lieber dort leben.«

Langsam stiegen sie die Stufen hinauf. Jeremiah ging voraus. Das Haus war still und es roch nach Knoblauch und Brot. »Scheint so, als ob meine Mutter die Burger gestrichen hat.«

Ellie lächelte. »Hier ist es aber schön«, flüsterte sie.

»Es ist kein Museum«, flüsterte Miah zurück. »Wir müssen nicht flüstern. Ma!«

Seine Mutter saß im Wohnzimmer. Sie hatte einen Stapel Papier und einen Stift auf dem Schoß. Miah beugte sich über sie und küsste sie, dann stellte er Ellie vor.

»Wie schön, dich kennen zu lernen, Ellie«, sagte seine Mutter und stand auf. Er hatte nicht erzählt, dass Ellie weiß war, und nun zog seine Mutter überrascht die Augenbrauen hoch, während sie die Hand ausstreckte.

»Ich freue mich auch«, hauchte Ellie.

»Sie hat beim Hereinkommen plötzlich einen Anfall von Schüchternheit bekommen, Ma.« Miah grinste und küsste seine Mutter auf die Wange. »Ich hab versprochen sie rumzuführen, damit sie sich wieder einkriegt.«

Nelia nahm Ellies Hand und legte die andere Hand darüber. Sie hielt sie einen Moment fest. Jeremiah lächelte. Er liebte seine Mutter – so sehr.

»Schön, dass du gekommen bist«, sagte sie.

»Arbeitest du?« Miah deutete auf den Papierstapel.

»Hoffentlich. Das Buch geht mir seit ein paar Wochen im Kopf herum. Ich hab mich erst gewehrt, aber jetzt muss ich herauskriegen, was es mir sagen will.« Sie wandte sich wieder an Ellie. »Das ist Schriftstellersprache und bedeutet, ja, ich arbeite an einem neuen Buch.«

Ellie lächelte wieder und starrte verlegen auf ihre Turnschuhe.

»Du hast mir gar nicht gesagt, dass deine Mutter so schön ist«, flüsterte sie auf dem Weg nach oben.

Auf dem Treppenabsatz küsste Miah Ellie auf den Mund und lächelte. »Das sagt man auch nicht von seiner Mutter. Nicht zu anderen Leuten.«

»Sie mag mich. Es war gar nicht komisch. Ich hatte schon Angst, dass … Das Haus ist Wahnsinn!«

Von einer Art Galerie am Ende der Treppe konnte man ins Wohnzimmer sehen und bis ins Esszimmer und in die Küche dahinter. Miahs Mutter hatte im Kamin Feuer gemacht und hier oben vermischte sich der Geruch nach brennendem Holz mit den anderen Düften des Hauses. Langsam gingen sie von Zimmer zu Zimmer und Miah öffnete Türen, die seit Monaten nicht geöffnet worden waren.

»In jedem Zimmer gebe ich dir einen Kuss«, sagte er. »Und dann gibts Essen.«

»Wie viele Zimmer hat denn das Schloss hier?«, fragte Ellie mit großen Augen.

Miah zuckte die Schultern. »Hab sie nicht gezählt.«

22

ES WURDE DEZEMBER UND ES war inzwischen zu kalt, um sich im Central Park aufzuhalten. Miah und ich verbrachten die Samstagnachmittage im Haus von Nelia. Mit den Schulbüchern um uns herum saßen wir vor dem Kamin. Miah war besser in der Schule als ich, deshalb lernte ich um so verbissener. Am Ende des ersten Trimesters hatte keiner von uns schlechtere Noten als siebenundneunzig von hundert Punkten.

»Kann ich deine Familie eigentlich auch mal kennen lernen?«, fragte Miah eines Nachmittags. Draußen hatte es zu schneien begonnen. Auf beiden Seiten des Kamins befanden sich Fenster und ich ertappte mich dabei, wie ich hinausstarrte und überlegte, wie es wohl sein mochte, in so einem Haus aufzuwachsen. Die geschwungene Treppe am anderen Ende des Wohnzimmers war aus Marmor und Holz. An manchen Nachmittagen lief ich sie barfuß hinauf und hinunter. Der kühle Marmor fühlte sich angenehm an. Ich kam mir dabei wie ein zehnjähriges

Mädchen vor. Miah saß auf dem Boden und schaute mir zu.

Als ich jetzt aus dem Fenster starrte, musste ich an mein Zuhause denken, wie eng und voll gestellt es wirkte, verglichen mit diesem Haus. Klar, unsere Wohnung war groß – wir drei hatten mehr Platz als wir brauchten. Aber es war nicht wie hier. Unsere Wohnung war hübsch, nicht schön. Und meine Eltern wurden darin immer älter und eingefahrener, sie waren nicht elegant und schöpferisch wie Miahs Eltern. Arzttochter. Mein Leben lang hatte ich zu hören bekommen, wie glücklich ich mich schätzen konnte. Ich hatte mir auch nie etwas anderes vorgestellt, bis jetzt, bis zu meiner Freundschaft mit Miah.

»Ich dachte immer, dass meine Familie jeden Menschen akzeptiert«, sagte ich zögernd. »Egal, welche Hautfarbe er hat. Jetzt bin ich da nicht mehr so sicher.« Ich sah Miah an. »Es macht mir Angst. Weißt du, eine Seite von mir will es lieber nicht rausfinden.«

»Wenn wir zusammenbleiben wollen, musst du es aber rausfinden, oder?«

Ich nickte und sah wieder aus dem Fenster. Mit Anne hatte ich noch nicht wieder gesprochen. Vielleicht hatte ich auch davor Angst – feststellen zu müssen, dass sie mit unserer Beziehung, Miahs und meiner, nicht zurechtkam. Und das war die Krux an der Geschichte – das machte mir am meisten Angst.

»Wenn es in ihnen drin ist, jemanden nicht zu mögen wegen seiner Hautfarbe, dann könnte es ja auch in mir drin sein.«

Miah rückte näher an mich heran. Ich hörte, dass oben aus Nelias Arbeitszimmer Musik kam. Leise, luftige Musik mit zart ausklingenden Melodien.

»Davor hab ich auch Angst,« sagte Miah. »In Bezug auf mich selbst. Dass es irgendwo lauert und plötzlich einen Satz macht. Manchmal … denk doch mal an die zwei alten weißen Frauen auf der Fifth Avenue.«

Ich nickte.

»In solchen Augenblicken hasse ich die Weißen. Und da muss ich mich doch fragen, wie kann ich die Weißen hassen und dich lieben?« Er lächelte. »Und darauf weiß ich keine Antwort.«

Wir schwiegen lange. Draußen schneite es jetzt heftiger. Ich musste bald gehen. Doch ich wollte nicht gehen. An Tagen wie diesen hatte ich Angst Miah zu verlassen. Angst, dass ich ihn nie mehr wieder sehen würde. Ob es immer so bleiben würde? Ob ich immer diese Angst haben würde?

»Vielleicht werde ich mal Filmregisseurin«, sagte ich. »Oder Malerin. Ich stell es mir schön vor, stundenlang zu sitzen und zu malen.«

»Ich wusste gar nicht, dass du malst.«

Ich sah ihn lächelnd an. »Tu ich auch nicht. Ich hab

mal einen Kurs besucht und es war furchtbar. Aber ich hab den Kurs gewählt, weil in dem Ferienlager, in dem ich einen Sommer war, sonst kein Kurs mehr freie Plätze hatte, ich musste ihn praktisch wählen. Ich hatte Stepptanz nehmen wollen, aber der Kurs war voll. Ich konnte mir allerdings nie vorstellen, irgendeinen künstlerischen Beruf zu wählen – bis ich dich kennen gelernt habe.«

Ich nahm seine Hand und küsste sie.

»Die Freundin von meiner Schwester ist Künstlerin, aber in meiner engeren Familie niemand.« Ich hatte ihm von allen erzählt, von Marc und Susan, Anne und Ruben. Sogar von Stacey und den Zwillingen.

»Ich würde nie einen künstlerischen Beruf wählen«, sagte Miah. »Auf jeden Fall weder Filmemacher noch Schriftsteller. Es würde immer heißen: ›Ach, den Film konnte er doch nur machen wegen seinem Vater‹, oder: ›Für das Buch hat er doch nur durch die Beziehungen seiner Mutter einen Verlag gefunden.‹«

»Was willst du denn werden? Und sag jetzt bitte nicht Basketball-Spieler!«

Er lachte. »Klar träum ich heimlich davon, Profi zu werden. In die Nationalmannschaft zu kommen. Spieler des Jahres zu werden. Dass irgendeine Firma ihre Basketballschuhe nach mir benennt. Ich laufe durch die Straßen und höre kleine Jungs sagen: ›Meine Mama kauft mir Jeremiah-Roselind-Schuhe.‹ Ich würde der Firma sagen, sie sollen die Schuhe in den Farben Burgunderrot und Grau herstellen – in Erinnerung an Percy.«

»Und wenn du aus diesem Traum aufwachst«, unterbrach ich ihn, »was willst du dann werden?«

Miah sah auf seine Hand hinunter. Er spreizte die Finger, machte eine Faust und öffnete sie wieder. »Ich weiß nicht«, sagte er leise. »Ich schau in die Zukunft und seh einfach nichts. Nur einen großen leeren Fleck, da wo ich sein sollte. Ist doch merkwürdig, oder?«

»Was, dass du keine konkreten Pläne für die Zukunft hast? Nein, das ist nicht merkwürdig, das ist bedauerlich.«

»Also, wann lern ich deine Familie kennen?«, fragte er wieder. »Weißt du, wir können ja so eine Nummer abziehen nach dem Motto: ›Rat mal, wer zum Abendessen kommt.‹«

Ich schüttelte den Kopf. »Es hat nicht nur etwas damit zu tun, dass du schwarz bist, Miah. Eher damit – ach ich weiß nicht. Ich will dich nicht teilen.«

Miah lächelte.

»Sie würden ausrasten, wenn sie wüssten, wie viel Zeit wir miteinander verbringen. Sie würden dich zwingen, niederzuknien und um meine Hand zu bitten.«

»Das würde ich glatt machen. Carlton könnte mein Trauzeuge sein und eine von deinen Millionen Verwandten wäre Brautjungfer. Kann ich mir gut vorstellen.«

Ich lehnte mich lächelnd an seine Schulter. »Weißt du was, Miah?«

»Was?«

»Ich würde dich auf der Stelle heiraten. Ist doch verrückt, oder? Wie sehr … weißt du, wie sehr ich dich liebe?«

Er schüttelte den Kopf und drückte mich an sich. Und wir saßen ganz still da und sahen zu, wie die Schneeflocken langsam zu Boden sanken.

23

ALS ER ELLIE AN JENEM NACHmittag nach Hause brachte, küsste er sie an der Ecke zum Abschied. Er hatte seinen Basketball mitgenommen und Ellie hielt ihn kurz, während sie im Schnee standen.

»Deine andere Freundin«, sagte sie und ließ den Ball aufprallen. Mit einem dumpfen Geräusch schlug er auf die dünne Schneeschicht auf, die den Bürgersteig bedeckte.

»Leistet mir Gesellschaft auf dem langen Heimweg.« Miah schnappte sich den Ball und ließ ihn zwischen den Füßen auf und ab springen.

Sie sah ihm einen Moment zu. Dann zog sie stumm die Handschuhe aus, gab sie ihm und griff sich hinten an den Nacken. »Hier«, sagte sie, »dreh dich um.«

Jeremiah lächelte. Er spürte den Davidstern und die warme Kette am Hals. »Ich bin doch nicht jüdisch«, sagte er und drehte sich ihr wieder zu.

Sie nahm ihre Handschuhe zurück, küsste ihn noch mal und ging weiter. »Ich erzähl ihnen von dir«, sagte sie.

»Und dann lernst du sie kennen. Kannst dich schon mal darauf vorbereiten. Ich liebe dich.« Sie warf ihm noch eine Kusshand zu, drehte sich um, zog den Kopf ein und verschwand hinter einem Schleier aus Wind und Schnee.

Jeremiah sah ihr nach. Er spürte noch ihre Hand auf seinem Nacken. Ein warmes, rundum gutes Gefühl. »Ellie«, flüsterte er und lächelte. »Meine Ellie.«

Er war zu aufgewühlt, um gleich in die U-Bahn zu steigen, und beschloss, quer durch den Park zu gehen. Er hatte das Gefühl, hundert Kilometer laufen zu können – bis nach Brooklyn und noch weiter. Bald würde er ihre Eltern kennen lernen und damit auch eine ganz andere Seite ihres Lebens. Von Ellies Leben. Seiner Ellie. Seiner schönen, wunderbaren Ellie. Die ihn liebte.

Er ließ den Ball eine Weile gemächlich aufprallen, dann rannte er damit los. Er hatte das Gefühl abzuheben, fliegen zu können.

Jeremiah wusste nicht, dass sie auf der Suche nach einem Mann waren. Einem großen, dunkelhäutigen Mann. Wenn er es gewusst hätte, wäre er stehen geblieben, als der Ruf hinter ihm ertönte. Aber er war in Gedanken versunken, völlig mit sich selbst beschäftigt. Der Park um ihn herum war schneebedeckt, strahlend weiß und still. Leer. Er ließ den Ball mit raschen Bewegungen neben sich auf dem Weg entlangdribbeln und dachte daran, wie sehr er diese Stille liebte. Wie sehr er Ellie liebte. Und als er so durch den frühabendlichen Park lief, waren alle anderen ohne Bedeutung – sein Vater, Lois Ann, seine Mutter mit ihrer gelegentlichen Traurigkeit. Nicht mal der Angriff, den er am Freitag im Training verpatzt hatte, war von Bedeutung. Nur Ellie. Nur Ellie.

Miah ließ den Ball vor sich aufprallen, rasch lief er über den Parkweg, so schnell, dass er den harten Boden durch die Sohlen seiner Turnschuhe spürte, seine Tritte dröhnen hörte und seine schnellen und heftigen Atemstöße spürte. *Bleib mit dem Körper hinter dem Ball,* hatte der Trainer gesagt. *Und mit der Handfläche darüber. Du musst dich nur konzentrieren. Bleib mit Kopf und Körper beim Spiel.* Und auf einmal war er mitten im Spiel und dribbelte rasch durch den Park. Es begann schon zu dämmern. Die schneebedeckten Flächen stoben an ihm vorüber. Und es gab nichts als den Ball und das Gefühl, wie seine Füße den Boden berührten. Und dahinter, weit weg, Ellie, die von der Tribüne lächelte, und das Team, das darauf wartete, dass er die Punkte machte. Er musste punkten.

»Halt, stehen bleiben!«

Aber er konnte nicht stehen bleiben. Er war zu kurz davor. Er versuchte wieder die Attacke. Diesmal würde er es schaffen. Zwei Punkte, mehr brauchte sein Team nicht, und er würde die zwei Punkte holen und ein Held sein, und Ellie würde aufs Spielfeld laufen und ihn umarmen. Egal, wer ihnen zusah. Egal, wer es bemerkte.

Jeremiah lächelte. Und im nächsten Augenblick spürte er, wie ihm der Atem stockte. Er spürte ein langsames Brennen – etwas Heißes und Hartes, das ihn seitlich getroffen hatte. Und dann fiel er und griff noch nach dem Ball, aber er fiel, er stürzte und verlor die Kontrolle.

Und im schneehellen Licht des dämmrigen Nachmittags sah Miah Ellie vor sich, die zu ihm auflächelte, er sah das Lächeln seines Vaters und das Lachen seiner Mutter. Schon fehlten sie ihm. Wie an dem Nachmittag, als er alleine im Zimmer seiner Mutter gewesen war. Und genau wie an jenem Tag spürte Jeremiah eine plötzliche, furchtbare Traurigkeit.

Und dann nichts mehr.

24 DRAUSSEN HERRSCHT JETZT

Winter und hinter den Buntglasfenstern schneit es ununterbrochen. Sanft. Schon ist der Gehweg fast bedeckt. Schnee an Weihnachten. Der Wetterbericht verspricht einen weißen Winter. Breite dich über uns, Schnee. Bedecke alles. Wie ein Leintuch. Wie jemandes Hand auf meinem Rücken. Halte mir die Augen zu, Schnee – wie es Miah immer getan hat.

Rate mal, wer?

Miah.

Nein. Rat noch mal.

Aaah ... Miah.

Ja. Wie hast du das geraten?

Groß und schön steht Nelia da. Ihr Gesicht wirkt ruhig hinter einem dünnen schwarzen Schleier. Und auf dem Podium steht Miah, nur älter, viel älter, hellhäutiger und mit den Augen eines anderen. Wo sind Miahs Augen? Und dann schaue ich wieder zu Nelia und sehe die Augen. Sie sehen mich an, hellbraune, fast grüne Augen, die ruhig aus einem dunklen Gesicht blicken, das so weich und glatt ist. Wie Miahs. Ihr Kopf neigt sich in meine Richtung, als wollte sie sagen: *Ich habe ihn auch geliebt, Ellie. Ich verstehe es.*

Um uns herum – die traurigen dunklen Gesichter mit Spuren von Miah darin. Wer sind sie? Vettern? Onkel? Tanten? Nelias Gesicht ist mir vertraut. Und der Mann, der eine Rede hält – sein Gesicht kommt mir bekannt vor –, nicht Miahs Gesicht, sondern ein Gesicht aus der Zeitung oder aus dem Fernsehen. Selbstsicher, ruhig und gefasst, aber die Hände – zitternde Hände mit Miahs Fingern.

Und weiter hinten sitzt Carlton mit einem Mädchen, das wie er aussieht, nur größer ist sie und älter. Eine hellhäutige Frau neben ihnen und auf der anderen Seite ein großer schwarzer Mann.

Marion, die neben mir sitzt, drückt meine Hand. Auf der anderen Seite mein Vater. Er sitzt aufrecht da und starrt geradeaus. Einmal habe ich Miah gefragt, ob er je vergisst, dass er schwarz ist. *Nein. Ich vergesse es nie,* sagte er. *Aber manchmal wird es unwichtig – dann bin ich einfach ich.* Und dann hat er mich gefragt, ob ich je vergesse, dass ich weiß bin.

Manchmal, sagte ich.

Und wenn du es vergisst, was hast du dann für eine Hautfarbe?

Gar keine.

Da wandte sich Miah ab und sagte: *Darin unterscheiden wir uns.*

Und jetzt, wo ich hier zwischen meinen hellhäutigen Eltern sitze, kann ich nicht vergessen, dass ich weiß bin – unter so vielen braunen und schwarzen und goldbraunen Gesichtern.

Dies ist eine Gedenkfeier für die Familie, für diejenigen, die Miah nahe standen. Aber Nelia rief mich an – sie hatte meine Nummer in Miahs Notizbuch gefunden, mit lauter Herzchen drumherum. »Wir möchten gerne, dass du kommst«, sagte sie und musste die Tränen unterdrücken.

Draußen warten Journalisten und Fotografen, warten darauf, sie zu erwischen – uns – Miahs Familie –, wollen uns bei unserer Traurigkeit überraschen. Ich muss schlucken. *Das ist mein Leben mit fünfzehn,* denke ich und starre auf meine Hände hinunter. *Bitte, Welt, bleib stehen. Ich bin erst fünfzehn.*

Sein Vater erzählt eine Geschichte aus Miahs Kindheit. Aber ich kann nicht zuhören. Um uns herum sind lauter Bilder – Miah in seiner Percy-Uniform, Miah mit Carlton, lächelnd, ein Basketball zwischen ihnen auf dem Boden. Miah mit seinem Team von der Brooklyn Technical Highschool, mit seinen Eltern. Und sogar ein kleines von Miah und mir. Wir beide auf den Stufen von Percy, wir fühlen uns nicht recht wohl in unserer Schuluniform. Ich weiß gar nicht mehr, wer es aufgenommen hat. Ich kann mich nicht mal an den Tag erinnern.

Jemand schnäuzt sich geräuschvoll. Marion neben mir betupft sich die Augen. *Es gibt keinen Jungen, Marion. Jetzt nicht. Nicht mehr.*

Marion will mir ein Taschentuch reichen, aber ich schüttle den Kopf. Lasst die Tränen ungehindert fließen, sagt Norman gerade. Ich wische mir mit den Händen über die Augen, aber die Tränen kommen immer weiter.

Jetzt singt Nelia, sanft und wunderschön, von einem Sperling, der irgendwo über Miah wacht. Und einen Wimpernschlag lang sehe ich ihn – den Vogel. Er kommt mir sanft entgegen.

25

Und wenn du kommst, will ich still sein.
Keine harten Worte zu dir.
Ich werde nicht fragen, warum denn,
was tust du? Nicht jetzt, nicht hier.

Wir werden hier sitzen, ganz leise,
zwei andere Jahre versinken.
Und zwischen uns die satte Erde
wird unsere Tränen trinken.

26

SO VERGEHT DIE ZEIT. INZWIschen ist es Juni. In einer Woche werde ich achtzehn. In den Gängen und draußen auf den Stufen machen die anderen Pläne für den Schulball und die Abschlussfeier. Schulball. Abiturfeier. Und dann im Herbst Swathmore. Marion und mein Vater hatten Recht behalten – Percy war das Sprungbrett für ein gutes College. Als der Brief kam, hielt Marion ihn stolz hoch. »Ein dicker Umschlag«, sagte sie. »Du weißt, was das bedeutet.« Ja, ich wusste, was es bedeutete. Den ganzen Frühling über waren Umschläge gekommen – dünne bedeuteten Absagen. Dicke bedeuteten Zulassungen und einen Haufen Papierkram.

Außen an der Sporthalle von Percy ist eine Plakette angebracht. Darauf steht: *Im Gedenken an Jeremiah Roselind. Irgendwo wird immer jemand deinen Namen rufen.*

Ich glaube, nur einmal im Leben findet man jemanden, von dem man sagt: »Hey, mit diesem Menschen will ich mein Leben verbringen.« Und wenn man den Augenblick verpasst oder daran vorbeiläuft oder auch nur blinzelt in diesem Moment – dann ist er dahin.

In unserem Jahrbuch gibt es ein Bild von mir und Miah – wir sitzen im Central Park. Miah hat die Lippen gespitzt und will mich gerade auf die Wange küssen. Und ich schau direkt in den Fotoapparat und lache. Zweieinhalb Jahre sind vergangen, und trotzdem habe ich uns noch genau so in Erinnerung. So werde ich uns immer in Erinnerung haben. Und wenn ich das Bild anschaue und wenn ich an die paar Monate mit Miah zurückdenke, weiß ich, dass ich den Augenblick nicht verpasst habe.

Marc und Susan kommen zu meiner Graduierung. Ruben ist schon da. Und heute Abend fahren wir zum Flughafen um Anne und Stacey abzuholen. Danach fahr ich mit ihnen den Sommer über nach Kalifornien. Und vielleicht werden Anne und ich eines Tages über den Abend am Telefon miteinander reden. Der Abend, der schon so lange zurückliegt. Als wir noch Freunde waren. Als wir uns noch nahe standen. Und wenn wir erst mal darüber reden, dann verstehen wir auch vielleicht, wer wir damals waren. Vielleicht kommen wir einander wieder näher. Vielleicht.

Nachher gehe ich noch zu Nelia. Sie will mir aus ihrem neuen Buch vorlesen. Wir werden Tee trinken und Kekse essen und das Zimmer verlassen, wenn wir weinen müssen.

So vergeht die Zeit – eine Stunde hier, ein Tag irgendwo, und dann ist es Nacht und dann kommt der Morgen.

Eine Uhr auf einem Bord, die tickt. Ein kleines Kind, das zur Schule rennt. Ein Vater, der nach Hause kommt.

Die Zeit zieht über uns hinweg und an uns vorbei, und das Gefühl von Lippen, die sich auf Lippen pressen, verblasst zur Erinnerung. Ein Bild, das an den Rändern vergilbt. Ein Telefon, das in einem leeren Zimmer klingelt.

Und irgendwo, irgendwo gibt es den Augenblick – ich, wie ich die Tür zu unserer Wohnung öffne und Marion und meinem Vater etwas zurufe. Sie sind im Wohnzimmer. Marion liest ein Buch, mein Vater die *New York Times*. Als ich hereinkomme, gebe ich ihnen beiden einen Kuss zur Begrüßung. Dann setze ich mich mit dem Rücken an den Kamin gelehnt auf den Boden.

»Ich möchte euch etwas sagen«, beginne ich mit zittriger Stimme. »Heute habe ich nicht mit Schulfreunden gelernt. Ich war in Brooklyn. Bei einem Jungen. Er heißt Jeremiah. Er möchte euch kennen lernen. Morgen.«

Die Zeit kommt sanft zu uns, langsam. Eine Weile bleibt sie für uns stehen.

Dann, lange ehe wir bereit sind, läuft sie weiter.

Ich danke meinen Freunden und meiner Familie, die mir geholfen haben, diese Geschichte aufs Papier zu bringen. Besonders nennen möchte ich Kathryn Haber, Nancy Paulsen, Patti Sullivan, Toshi Reagon, Teresa Calabrese, Catherine Saalfield, Susie Hobart, Elisha Hobart, Reiko und Miyako, Linda Villarosa und Charlotte Sheedy.

DIE AUTORIN

Jacqueline Woodson wurde 1963 in Columbus, Ohio, geboren und wuchs in South Carolina und New York City auf. Nach ihrem Englischstudium arbeitete sie als Therapeutin für obdachlose Kinder und Jugendliche. Heute lebt sie als freiberufliche Autorin in New York und schreibt für Jugendliche und Erwachsene. Ihre Bücher wurden mit namhaften Preisen ausgezeichnet.